ゆき

# 自己投資のすすめ

文芸社

自己投資のすすめ◯目次

# 現代版、貧乏人の子だくさん？

「人生は思いどおりにならない」ということは、よく言われるし、経験された方も多いかと思う（人生が自分の描いた青写真の通りになるのなら誰も苦労はしない）。

私もそのうちの一人であるのだが、最近の親を見ているとつくづくこの言葉のとおりだなあと実感するようになった。

そこでというわけでもないが、この本も「親のしつけ論」から始めたいと思う。

最近、新聞などで不妊症に関する記事をよく目にする。

結婚をしたまでは良かったが、身体上の理由などから子どもができにくかったり、できない人がいかに大変な思いをしているか、といったことを中心とした内容であるのだが、読んでいて他人事ながら気の毒に思えてならない。

特に、子どもが欲しいのにできない夫婦にとっては、「お子さんはまだ？」という一言にはものすごい精神的な苦痛を感じるらしい。

私は、まだ独身で過去にも結婚したことはないが、このへんの気持ちは(少しは)わかるような気がする。

「独身者に何がわかるんだ」と言われそうであるが、これを独身者に置き換えて考えると「結婚はまだ?」と言うようなものだろう。

「結婚はまだ?」というセリフは、女性に対して言うセリフという印象があるかもしれないが、男に対しても意外と(?)使われるのである。

特に、私のような(職場では)無口な人間に対してはそうなのである。

前著でも書いたが、私は職場にいる時は会話がなく、このことは宴会などの席でも変わることはない。

そうすると上司あたりが、(無理やり引っ張り出した手前からか)黙っている私に話しかけようとするのだが、話のとっかかりがない。

そこで、とりあえず「誰か、いい人いないの?」となるのである。

私は、このセリフを聞かされる度に「うるせー、余計なお世話だ!」と思うのだが、先に記した、「お子さんはまだ?」と言われる夫婦も同じ気持ちではないのだろうか? といつも感じてしまう。結婚する、しない、子どもを生む、生まないといったことは、当人の自由であり、「人それぞれ」であるはずなのに、どうして他人のことにいちいち干渉したがるのだろうか？

しかも、そういう人間に限って何ができるというわけでもなく、ただ単に自分の興味本位で聞いているだけなので腹立たしさは倍増する。

ところで、話は戻るが（私の知っている範囲では）どういうわけか、不妊に悩む人というのは人間としてきちんとした人が多いような気がしてならない。

この人（あるいはこういう人）だったら、きちんとした（しつけのきちんとできる）親になれるだろうになあ、と思える人に限って不妊症で悩んでいたり、あるいは最初から子どもはいないほうが良いという考えの人なのである。

逆に、子どもが次から次へとできてしまう人（失礼）に限って、自分が子どもみたいな人間だったり、ロクすっぽしつけもできないような人が多いような気がする。

だからこそ、連日のように新聞の三面記事には幼児の虐待の記事が掲載されるのであろう。子ども好きの私としては、このような記事を目にするたびに、「親になることは自分で選べても、子は親を選べないということくらいわからないのか！　そんなこともわからないなら最初から親になどなるな！」と腹立たしくなる。

とこんなことを書いているうちに、ふとあることわざを思い出した。

そのことわざとは、「貧乏人の子だくさん」である。

このことわざの意味するところは、貧乏人はほかに楽しみがない、あるいは教養がないので子どもがたくさんできてしまう（保健体育の教科書ではないので細部は省略）ということらしい。

このことは、「しつけのできない子だくさんの親たち」にもあてはまる。

どういうことかというと、しつけのできない親というのは、親になることに関する教養というものがないのである。

だからこそ、無抵抗な幼児に対して、「泣きやまない」「自分になつかない」（当たり前である）と言っては、平気で（？）暴力を振るうなどの虐待ができるのである。

また、そこまではいかなくても、自分の子どもが非常識な振る舞いをしていても、平然として過ごすことができる。

しかも、こういう人間に限って子どもができやすい（？）のか、子どもが多かったり、あるいは何の悩みもなく子どもができるのである。

一方、子どもが欲しいと願っているのに、なかなかできなくて身体的、精神的に苦しんでいる人には、親になることの教養が備わっている人が多い。

まさに、「あちらを立てればこちらが立たず」。本当、世の中というのは、なかなかうまくいかないものなんですねえ。

# そこまで言わなきゃ…

ケース1　病院の貼り紙。

先日、体調が良くなかったので病院へ行ったのだが、待合室にこんな貼り紙がされていた。

「子どもさんが騒ぐと周りの患者さんの迷惑になりますので、各自、親の責任で静かにさせてください」

ケース2　スーパーの貼り紙。

スーパーへ買い物に行った時のことである。

お菓子売場の前を通るとこんな貼り紙が目についた。

「清算前の商品の開封はご遠慮ください」

これらを見た私は、「何だ、こりゃあ。こんなこと当たり前のことではないか」と思わず口にしそうになってしまった。

ここに例として挙げた二例とも、私が子どもの頃ならば、「当たり前のこととして」思われていたことであり、いちいち注意書きになどしていなかったはずである。

親ならば、誰だって自覚していなければならないことのはずだし、ほかならぬ自分の子どもなのだから、この程度のしつけくらいは〝できて当たり前〟のはず。

しかし、現実問題としてこのような貼り紙が存在するというのは、「この程度のしつけ」すらできない親がいかに多いかということを物語っている。

最近の（若い）親はしつけができないということは、私も感じていたし、このことは以前にも本に書いたことがある。

それにしても、他人様からここまで言われないとわからないとは、親としてちょっとひどすぎるんじゃないかとも思う。

おそらく、最近の親たちは、これらの貼り紙を見ても、それが自分たちのしつけが行き届いていないことを意味することに気づくどころか、「ほら、ここに『静かにしなさい』って書いてあるでしょう。だから静かにしなさい」と子どもを黙らせる〝口実〟にしているのだろう。

ここのところが、私が最近の（しつけのできない）親たちに対してもっとも腹立たしく感じるところである。

しつけのできない親たちというのは、決まって子どもに注意をする時は他人のせいにしたがるのである。

子どもを黙らせるのが目的ならばそれでいいかもしれない。

だが、子どものしつけというのは、子どもが人間として社会の中できちんと生きていけるようにすることが目的のはずであり、そのためには社会におけるマナーというものが、「なぜ、存在するのか。それがどういう意味を持つものなのか」ということを教えなければならないはずである。

先の例で言うならば、「病院というところは、病気で苦しんでいる人たちが大勢いるのだから静かにしてあげなければいけない。ここは騒いではいけない場所である」といったことをきちんと説明するべきである。

また、スーパーの場合は、「ここにあるお菓子は、お店の物であるからレジでお金を払うまでは開けてはいけない」といったことを説明するべきである。

ここのところが、いちばん重要なところであるはずなのに、しつけのできない親たちは省略してしまい、他人のせいにしてごまかしているのである。

確かに、小さい子どもにものごとをわからせるのは大変なことかもしれない。

他人のせいにしていれば、とりあえず子どもはおとなしくなるし、親としても楽だろう。

だが、それで済むと思っていたら大間違いである。

仮に、ここまで書いてきた他人のせいにしてごまかすというやり方が、正しいと思っているのだとしたら、それは単に親としての責任を放棄しているにすぎない。

親が放棄をするのは自由だが、迷惑するのはほかならぬ〝あなたの子ども自身〟である。

そう考えればいい加減なことはできないはずである。

親になるまでは、人それぞれに事情があっただろう。

だが、どんな事情があったとしても〝親〟になるということは、向こう二十年（一応、成人するまでと考えて）は自分の子どもに関する一切の責任を負い、その後も一人の人間として、社会人としてきちんとやっていけるように育てるという覚悟を決めているはずではないのだろうか。

現在、少子化が社会問題となっているが、いくら子どもの数が増えたところで、こんな親たちに育てられた子どもばかりでは、ロクな社会にならないであろうことは明白である。

子どもの数を増やすのも大事かもしれないが、しつけのきちんとできる親を増やすのも同じくらいに大事なはずである。

それにしても「そこまで言わなきゃ」わからないなんて、最近の（しつけのできない）親たちというのは何を考えているんだろうと思うのは私だけだろうか。

# どこか違うのでは？

さて、今回の話は簡単なクイズから始めさせていただきたいと思う。
まずは、次の二つの文章をお読みください。
① 私は、エスカレーターの右側は、なるべくあけて乗るべきだと思う。急いでいる人のために道をあけるという、思いやりの心が表れている。なかには、真ん中からはみ出したり、右側に乗っていたために、ひどいことを言われ、つらい思いをした人もいるようです。
けれども、悪いのはその人ではなく、「右側に乗っているのは何かわけがあるのだろう」と相手の事情を考えようとしない人です。

でも、エスカレーターの片側をあけるという習慣は、思いやりの心が感じられるからなくさないでほしい。

② 病院へ通院し、薬局で薬がでるのを待っていた時に、子どもが泣きやまなくなり、困ってしまった。すると近くの人に、「うるさい！」と言われてしまい、あわてて外へ出た（以下、省略）。

右の二つの文章は、いずれも同じ日の新聞の投書欄に掲載されていたものから抜粋したものです。

では、ここで問題。二つの文章のうち、「エスカレーターの右側は、なるべくあけて乗るべき」という人と、「うるさい！」と言った人のどちらかは小学生の考えです。

さて、どちらが小学生の意見でしょうか？。

正解は①の「エスカレーターの右側は、なるべくあけて乗るべき」というほうです。

ここまで読んで、皆さんはどのように感じただろうか？

私は、次のように感じた。

まず、①の小学生に関しては、本人はもちろん、親御さんがたいへん立派な人だなあというのが第一印象。

いつも本に書いているように、「しつけのできない親たち」が幅を利かせている現代社会で、いまどきこんなにしっかりとした「しつけのできる親」がいるんだなあと素直に感心してしまった。

そして、この小学生の親御さんには、（失礼ながら）「今の自分に自信をもって、そのまま子育てを続けてください。ご立派です」と心からエールを送りたいと思う。

同時に、小学生本人には、「これからも周りに流されることなく、今のやさしい心をもったまま立派な大人になってください。あなたならきっと大丈夫です」と同じく、エールを送らせてもらいたい。

また、②の「うるさい！」と言った人（投書によると年配の男性とのこと）には、「いい歳して、恥ずかしくないのか！」と言いたい。

何も、このお母さんだって、好き好んで子供を泣かせていたのではないだろうし、恐らく、なだめたりして泣きやませようと努力をしていたのだろう。

それを大の大人が、「うるさい！」などと怒鳴りつけるのは本末転倒である。

百歩譲って、薬局という場所から病気で体調が思わしくなかったとしても、何時間も泣き声を聞かされていたわけでもないだろうし、自分にだって子ども時代や子育ての経験もあっただろう。

そういう経験があるのならば、もう少し〝思いやりの心〟をもって暖かく見守ってあげるくらいの余裕があってもいいはずである。

投書欄と言えば、テレビ欄の番組に関する投書を読んでいても、「子どもがマネをするではないか」だの、「コントで食べ物を粗末にする場面があったが、子どもに悪影響を与えるのではと思うと心配だ」などという投書をよく目にする。

私は、このような内容の投書を目にするたびに、「お宅では、テレビが子どものしつけをしているのですか？」と本気で聞きたくなる。

テレビの内容が悪影響を与えるというのであれば、それを〝反面教師〟にして、世の中には、やっても良いことと、やってはいけないことがあると話せば良いだけのことだし、それ以前に気に入らなければ最初から見なければ済む話である。

それを、子どもに見せるだけ見せておいてテレビ局のせいにするというのは、これまた本末転倒である。

仮に、テレビ番組に悪影響を受けて、子どもが人の道に外れるようなことをしたというのならば、それはテレビ局が悪いのではなく、単なる親の怠慢にすぎない。

これらの投書から言えるのは、「どこか違うのでは？」と思いたくなる人間が多いということである。

特に、先の小学生が言っていた〝思いやりの心〟を持った人間が、少なくなっているように思う。

よく、「忙しい現代社会」などと言われるし、サラリーマンの会話などでも「もう、毎日が忙しくて大変で」などと言いながらその実、忙しさに安心したりと「忙しい」ことが現代社会の〝キャッチフレーズ〟となっている感がある。

だが、ここでちょっと考えてほしい。

「忙しい」という字は「心を亡くす」と書く。ということは、現代人は〝心〟つまり、人としての大事なものを亡くしているのではないだろうか？

その一つが、〝思いやりの心〟である。

〝思いやりの心〟をきちんと持っている人間ばかりならば、幼時虐待やいじめ、エスカレーターで右側に乗っている人や病院で泣いている子どもに文句を言う人など、いないはずである。

確かに、日本の社会は資本主義であるし、サラリーマンの社会ではまだまだ学歴が幅を利かせているので、いろいろな面で競争原理も必要だろう。

しかし、忘れてならないのは、社会を構成し、維持するのはほかならぬ人間であるということである。

人が人らしくあるためには、思いやりの心をはじめ、人間として大切なものがあるはず。「いい大学、いい会社」を目指して勉強に励むのも、塾への送り迎えも結構だが、まずは人としての〝心〟から身につけてほしいと思うのは私だけだろうか。

# 目を覚ませ！

最近、よく新聞やテレビなどで携帯電話に関することが取り上げられている。

若者（ここでは十代に限定させていただく）が、携帯電話の使用料を払うために、アルバイトをしているだの、使用料が月七万円もかかるが、すべて親が払っているだのといった内容である。

それらを読んだり、見たりしていると、思わず「主体性というものはないのか！」と言いたくなってしまう。

別に携帯電話を使うのは自由だから、そのこと自体をとやかく言うつもりはない。

ここで、問題なのはその使い方である。

道を歩いていれば、後ろから「いま、駅に向かって歩いているところ。これから、電車に乗って…」などと大声で話し、電車の中では、「いま、電車に乗っているところなんだけど、あと二十分くらいで着くからさあー」などと話している。

まあ、話すのは勝手だが、そんなくだらない（？）会話をそばで聞かされるほうはいい迷惑である。

その上、このような人間がいるために、「車内での携帯電話のご使用はご遠慮ください」と毎回、車内アナウンスが流れ、それにも毎回付き合わされるはめになる。

そうすると、「音さえ出さなければいいんだろう！」とばかりに、あちこちでメールのオンパレード。

先日は、電車の中でメールを打つたびに「ピッ、ポッ、パッ、ポッ」などと大音響を車内に響かせている大バカ者がいた。

そのたびに「おまえらなー！」と怒りが込み上げてくる。

電車の中で携帯電話を使わないように呼び掛けているのは、単に音が迷惑だというのではなく、心臓のペースメーカーなどの医療器具の誤作動を防ぐ目的もある。

それを、音が出ないからといって、メールを打つなどというのは、ものごとの本質というものを全くといっていいほど理解していないのだろう。

このような光景を見ていて不思議に思うのは、「アルバイトをしたりして、通話料金が負担に感じるほどに電話で話をしたり、メールのやりとりをして、一体何を得られるのか？」ということである。

使用料が月数万円ということは、恐らく、年中誰かしらと話をしているのだろうが、内容は単なる自分の行動の〝実況中継〟がほとんどだろう。

十代といえば、将来のこととか先のことをいろいろと考えなければいけない時期のはずである。

そのためには、本を読んだり、一人でものごとを考えたりといった時間が必要なはずなのに、携帯電話ばかり使っていては、そんな時間はとれないだろう。

まあ、私も子どもの頃は、テレビばかり見ていたので、あまり偉そうなことは言えないが、それでも本はよく読んでいたし、将来に関することもいろいろと考えていた。だからこそ、現在の自分があり、このような話が書けるのである。

それを、現在の十代の大半の人間は、個室が与えられたのをいいことに、部屋にこもって携帯電話で友達とやりとりしたり、彼氏、彼女を部屋に連れ込んで…といった具合で、親もそれを見て見ぬフリ。

一体どうなっているんでしょうねえ？

（親も含めて）自分たちのしていることが、ただ単に電話会社やマスコミに乗せられているだけなのに、そんなことにも気づかないなんて。

電話会社やマスコミも所詮は民間企業の一つ。ということは、電話の利用料による収入やコマーシャルの効果さえあれば良いのであって、若者のことなんて真剣どころか何にも考えてはくれていない。

このことは、当の民間企業に勤める若者の親ならば、誰でも知っているはずではないのだろうか。

親ならば、このようなことを子どもにきちんと話して、「周りに流されてはいけない。自分というものをしっかりともって、ものごとを判断しなさい」というのが、親の役目のはずである。

なのに、最近の親ときたら、「みんなが持っているのに、うちの子だけが持っていなかったら仲間外れにされてしまう」と言って、本当に必要かどうかも考えずに携帯電話を買い与えたり、使用料を払ったりしていないだろうか？

だからこそ、月何万円もの通話料が意味することを知らない子どもができあがってしまうのである。

この事実だけとらえて、「何を考えているんだか…」といった具合に批判するのは簡単である。

だが、こうなった主な原因は、子どもがそんなふうになってしまったことに対し、何の疑問も感じない親たちである（結局はここへ行き着いてしまうのだが…）。

別に、こんな親たちが増えても、その結果主体性のない子どもが増えても、直接的には私は関係ない。

しかし、最近よく言われる「キレル」だのなんだのと、自分の思いどおりにいかなかったり、あるいは、自分の思い通りにしようとして平気で人を踏みつけたり、殺したりする人間が増殖しているが、こんな子どもたちもいずれは社会人になる時が来るだろう。

官庁や企業は採用時には一応、試験は行うものの人間の本質までは見抜けない。

そうなると、ここで書いた「主体性のない子ども」が、そのまま「主体性のない大人」になって社会に出てくるのである。

こんな主体性がなく、しつけのなっていない連中を相手にしなければならないなんて、私はまっぴらごめんである。

なんで、二十歳を過ぎたいい大人（中身は子ども、しかも他人の子）にしつけから教えなければならないのかと思ってしまう。

まあ、なかには途中で気づく子もいるだろうが、ごく一部の子どもだけだろう。

何せ、土台ができていないのだから、建物を建てたってすぐに崩壊してしまう。

だから私は、声を大にして「いい加減に目を覚ませ！」と言いたいが、この話を読んでわかる人はとっくに目を覚ましているだろうし、目を覚ましてほしい人は、この話は理解できないだろうなあ。

# どうなることやら…

「人は人、自分は自分」。これは普段、生活する上で「とりあえず経験してみよう！」とともに私が心がけていることである。

どういうことかというと、私は、いつも〝自分〟というものを持つことにこだわっており、周りに流されるということが嫌いなのである。

そのため、たとえ周りの人間と意見が食い違うようなことがあっても、自分が正しいと思えれば割と平気でいられるし、人から嫌われることも恐れていない（でなけりゃ、こんな本は書けない？）。

だからというわけでもないが、周りの人間が、やれ携帯電話だ、パソコンのインターネットやメールがどうのと騒いでいても、自分には関係がないことだとずっと思っていた。

しかしである。現代社会で「現役生活」を維持していくには、サラリーマンにしろ、物書きにしろ、パソコンのインターネットとメールくらいは扱えるようにしなければ、何かと不便なのではとさすがの私も思うようになってきた。

（携帯電話はともかく、パソコンくらいは覚えておいた方が良いのではないか？）と思い、妥協（？）してパソコンを購入することにした。

それまでも、全く興味がなかったわけではないが、たいして欲しいとも思わなかったため、外出した時に売り場をのぞく程度であった。だが、これではいけない、と早速、本屋へ行き、パソコンの入門書を購入した。

いきなり買いに行くよりかは、少しでも敵（？）を知っておいたほうが良いと思ったからである。

入門書で〝勉強〟した甲斐あってか、それまで全くといっていいほど知らなかったメールやインターネットに関することがわかり、不安はいくらか解消された（いまどきの三十代の人間にしては珍しい奴である）。

しかし、不安はまだまだ残っており、「よし、買いに行くぞ！」という気分にはなれず、このままだと当日になって面倒になり取り止めとなりかねない。

そこで、友人に「保険を掛ける」ことにした。

「保険を掛ける」といっても、お金目当てに殺すことではない。当日になって気分が変わらないようにパソコン購入の話をして、それを口実に酒でも飲もうというわけである。そうすれば、いやでも購入せざるをえなくなるだろう。

早速、友人の家へ電話をしたのだが、相手も社会人。忙しいのかいつも留守電状態となっているため、「保険を掛ける」ことはあきらめた。

さて、当日になり、一路秋葉原を目指して電車に乗っていると、こんな時に限って、めったに起こらない車両故障が発生してしまい、一時間程度車内に閉じ込められたままとなってしまった。

その上、復旧の見込みは立っていなかったため、予定を変更し池袋へ行くことにした。池袋のとある量販店に入り、パソコン売場へ行ってみると休日のせいか、大勢の人で賑わっていた。

人込みをかき分けながら、一通り見て歩いたのだが、どれも同じように見えてしまい、区別がつかない。

どうしようかと思っていると、売り場の一角に「パソコン初心者相談コーナー」という看板が目に止まった。

これを見た私は、まるで自分のために設けられたコーナーのような気分になり、早速そこへ行って店員さんをつかまえると次のような条件を出し、それに合うパソコンはないか尋ねた。

その条件とは、①ノートパソコンであること、②予算十五万〜二十万円程度、③初心者でもインターネットとメールが扱える、というものである。

①は仕事柄、転勤が多いので持ち運びに便利なほうが良いと思ったからである。②はいくら良いものを買っても、使いこなせなければ意味はないから、とりあえずは安いものから始めようと思ったのである。③に関してはこれまで書いてきた通りであるから省略。

三つの条件を聞いた店員さんは、「それならば」と言いながら私を売り場の一角へと案内してくれた。

そこに展示してあるパソコンを指して、「これならば、プリンター以外の付属品はそろっていますし、年賀状の印刷やゲーム、もちろんインターネットとメールもできますし、お値段も十五万九千円となっております。正直に申しまして、これだけの機能を備えた機種でこのお値段の品物はほかにはありません」などと言い、「いますぐ、お電話を！」と言わないだけでほとんど〝テレビショッピング〟のノリである。

店員さんの説明を聞きながら、「値段も手頃だし、あとでなんだかんだと付属品を買わないで済むのならこれでいいかな」と思いながら、値段の表示をみると「現金、デビットカード御利用の方は一三%還元」と書いてあった。

そこで、「現金で買うなら一三%〝値引き〟してくれるの？」と聞くと、店員さんは、「これは値引きではなく、〝当店のポイントカードを一三%サービス〟させていただいています」との返事。

なんてことはない、「一三%分の得をしたければ、またこの店を利用せよ」ということである。道理で話がうますぎると思った。

だが、私はここであっさりと引き下がらず、「せめて、十五万五千円くらいに値引きできないか？」と交渉したが、〝一三%還元〟をタテに却下されてしまった。

パソコンに関することはサッパリなのに、値引き交渉だけはしっかりとする。いやな客である。

さて、とりあえず購入をすることにしたのだが、「いま、プロバイダー（インターネットの接続業者）と契約して、一時間ほど待てばインターネットのセッティングをしてくれる」とのことだったので頼むことにした。

ところが、いざ契約する段になると「カードによる支払いでないとすぐに契約することはできない」と言う。

これを聞いた私は思わず、「お前は信販会社の回し者か！」と思ったが、店員さんとて決まりに則って言っているにすぎない。

問題なのは、プロバイダーと信販会社がタイアップ（？）して、「カードを持っている奴だけ優遇してやる」という姿勢である。

私はいわゆるクレジットカードが嫌いなので一枚も持っていない。

ということは、この場でプロバイダーとの契約も成立しないため、インターネットをセッティングするサービスも受けられない。

普通ならここで、「この時ばかりは、クレジットカードがあればと思った」となるところだが、私の場合は「こんな差別をするようなクレジットカードなど、この先、絶対に作るまい」と固く心に誓った。

結局のところ、インターネットのセッティングは自分で行うハメになってしまったのだが、この文章を書いている時点では、まだそれを行っていない。

パソコン初心者の私としては、「どうなることやら…」と不安な気持ちに駆られているのだが、どのようになったかということに関しては、またの機会に報告させていただくことにして、このへんで話を終わりにさせてもらいたいと思う。

## ただほど面倒なものはない！

前に、パソコンを買った時のことを書いたが、その後、しばらくは仕事やその他の用事に時間をとられてしまい、そのままにしていた。と言いたいところだが、実際のところは、あまり興味がなかったため、積極的にいじる気にならなかっただけのことである。

「そろそろ始めなければ意味がないのでは？」と思い始めた頃、週末に大雪が降った。「こんな大雪じゃあ、どこにも出かけられない（気がない）し、部屋にこもっているならパソコンでもやってみるか」と思い、〝勇気を出して〟いじってみることにした。

早速、箱の中からパソコンを取り出す（なんと、届いてから箱を開けることさえしていなかった）。ノートパソコンなので、本体は軽くて薄っぺらだが、同封されているマニュアルは、目的ごとに五、六冊に分かれていて、すべて積み上げると本体の数倍はあろうかという厚さである。

「パソコンはこれ（大量のマニュアル）がいやなんだよなあ」と思いながら、一冊ごとに書かれている番号順に見ていく。

まずはじめはコードなどの配線の接続。

これに関しては、プラモデルの組み立て説明図のような紙が一枚入っていて、それを見ながらやるとすぐにできた。

次に、パソコンを使える状態にする。

これに関しても、マニュアルを見ながらそれに従って進めるとなんなくクリアできた（ちょっと得意気）。

さて、いよいよ今回の最大の目的である「インターネットとメールの設定」である。

ここからは、なんとマニュアルが二冊になる。プロバイダーから送付されたものとパソコン本体に同封されたものである。

さて、どっちを見たら良いのだろうと思い、両方とも読んでみたが、書いてあることはそう変わりないので、とりあえずパソコン本体に同封されたほうを見ながら進めることにした。　ところが、インターネットにうまく接続できない。

「あれ、変だなあ」と思いながら再度、双方のマニュアルを読み比べてみる。

そうしたら原因が判明した。プロバイダーとの契約内容（インターネットの利用時間によって料金設定が異なる）によって設定の方法が異なるのである。

そこで、今度はプロバイダーのマニュアルを見ながら、再度挑戦する。が、インターネットはつながらない。

こうなると素人にはわからないので、こういう時こそメーカーの窓口に問い合わせようと電話をかけたが、何度かけても話し中。これには腹が立った。

たとえ、二十四時間年中無休で受け付けしていようと、いくら無料だろうとつながらなければなんの意味もない。

コンビニだって、欲しい品物が二十四時間年中無休で手に入るからこそいいのであって、品物がそろっていなければ存在価値はない。

こう書くと「あいにく、土日は混み合っておりまして…」という〝言い訳〟が聞こえてきそうだが、土日に問い合わせが殺到することくらい、小学生にだってわかることである。

それに、無料だと経費がかかって限界があるというのならば、有料でも良いからつながりやすく、より親切な対応をする窓口も設ければ済むことである。

自分のところで製造、販売している製品なのだし、パソコンだって車と同様、買ってからも、何かとトラブルが起こるのだから、そのくらいの努力をしてもらいたい。

こんな調子じゃあ、仮につながって症状を説明したとしても、「お電話だけですとわかりませんので、どなたかお近くにいるパソコンに詳しい方に聞いてください」とあしらわれるのは明白である（それが、いやだから聞いているんだ！）。

さて、どうしようかと思っていたのだが、「もしかしたら、こういったトラブルに対処してくれる業者があるかもしれない」と思い、早速タウンページを開いてみた。

すると、あった、あった。パソコンに関するトラブルに対し、出張して解決してくれるという業者が。

日曜日だったので、休みかとも思ったが、とりあえず電話をしてみることにした。

電話がつながったかと思うとすぐに出たので、使用しているパソコンや症状を説明し、次の土曜日に来てもらうことにした。

電話を切ったあとで、有料と無料とはこうも違うものなのかと驚いたり、呆れたりといった感じであった。

さて、当日、自分の部屋に他人様が来るのかと思うとなんとなく落ち着かない。

別に、業者の人など仕事柄、いろいろな家へ行っているのだろうし、「有名人の御宅拝見」のように家を見にくるわけではなく、パソコンの使い方を教えにくるのだからそんなに気にすることもないのだろう。

とは言っても、あまりにも汚いと恥ずかしいので、朝から掃除をしてしまい、まるで子どもの担任の先生が家庭訪問にくる親になったような気分であった。

その日は、夕方に来てもらうことになっていたのだが、休日で道路が混んでいたとかで着いた時には夜になっていた。

業者の人が来てくれたので早速、インターネットがうまく接続できない旨を話すと、プロバイダーのマニュアルを見ながらパソコンをいじり始めた。

始めてから二、三十分もしないうちに「つながりましたね」と言うので、画面を見てみるとホームページが映し出されている。

「商売とはいえ、人が何時間もかけてできなかったことを、わずか二、三十分でやってしまうなんて！」と驚きながら原因を聞いてみた。

返ってきた答えはというと、「インターネットの設定の際に、一部誤りがあったためにプロバイダーの方でこのパソコンが認識されず、接続ができなかった」とのこと。

今回の出張サービスは、一時間が基本となっていたので、私が、パソコンの初心者であることを話し、残りの時間はインターネットの接続方法やメールの送・受信方法などを親切丁寧に教えてもらった。

おかげで、私のパソコンアレルギー（？）もだいぶ軽減した。

こんなことにつまずいて、業者の人の応援を求める人間など私くらいかと思い、聞いてみると「最初の設定でつまずいて、連絡される方は結構いますよ」という返事が返ってきたので、少しは安心した。

ところで、気になる料金はというと、この業者は基本料金が九千円くらいで、そのほかに出張料が千五百円程度、プラス消費税で、合計一万二千円程度であった。

この料金が高いか安いかは、もちろん人それぞれだが、私は決して高いとは思わない。もし、自分で設定することにこだわっていたら、いつまでたっても原因がわからずにいただろうし、メーカーの電話もつながらなかっただろう。

そうなると、「インターネットとメールを使う」という当初の目的が達成できないばかりか、パソコン本体にかけた十数万円のお金もすべてパーとなる。

また、誰かパソコンに詳しい友人や知人に頼むとしたら、無料で引き受けてもらえるだろうが、「こんなことも知らないの？」といった感じでバカにされたり、周りの人間に好き勝手なことを言われかねない。

その点、業者の人ならばお金を取る分、どんな質問でも親切丁寧に教えてくれるし、バカにされたり、外でペラペラと余計なことをしゃべられる心配はない。その上、友人などに頼む時のように、相手の都合に合わせたり、気を遣ったりといったことも無用である。

このように、トータルで考えると少しくらいお金がかかっても、業者の人に頼んだほうが結果的には得なのではないかと思う。

そう考えると、メーカーの電話相談といい、友人や知人に（パソコンの使い方を）聞いた場合といい、「ただほど面倒なものはないんだなあ」と感じてしまうのであった。

# ゆき流、野菜不足解消法！

今年（平成十三年）の冬の関東地方は、雪の日が多く寒い日が続いている。

特に、一月は週末になると雪が降るといった日ばかりで、たびたび予定を狂わされてしまった。

まあ、冬とはそういう季節だし、降らなければ降らないで何かと問題が起こるのだから仕方ないと言ってしまえばそれまでだが、なんとなく腹立たしさが残る。

腹立たしいと言えば、野菜の値上がりもそうである。

正月休みが終わり、また〝主夫〟の生活に戻ってスーパーへ買い物に行き、キャベツ（半分にカットしてあるほう）を買おうとしたのだが、値段を見て驚いた。

普段は百円もしないのに、百三十円くらいするのである。

これを見た私は、「あれ、こんなに高かったっけ？」と一瞬思ったが、普段はそんなに高くはない。どうやら、寒さの影響で市場に出回る野菜が少なくなっているようである。需要と供給のバランスの関係で、値段が上下するのは仕方がないとはいえ、かんじんの給料がロクに上がらないというのに、野菜ばかりが高騰してはエンゲル係数が上昇するばかりである。

しかも、野菜は毎日の生活を送る上で、食べずに済ますわけにはいかないから余計に始末が悪い。

野菜の話で思い出したが、男の独り暮らしで、よく問題となるのが「野菜不足」である。独り暮らしだと、外食が中心となる人が多いせいか、野菜不足になりやすいということがよく言われる。

私も、「男の独り暮らし」に該当する一人なのだが、同時に〝主夫〟でもあるので、この点にはなるべく注意するようにしている。

とはいえ、所詮は「男の独り暮らし」。どうしても限界があり、緑黄色野菜などは、つい疎遠になってしまう。

カボチャなどはあまり好きではない上に、スーパーでカットしてあるものを買ったとしても食べきれずに持て余してしまう。

また、ニンジンなどもバラ売りのものを一本だけ買って、カレーだ、野菜炒めだといろいろと使っても半分も使わないうちに、冷蔵庫の中でしなびてしまう。

そんなことを繰り返してしまうと、「別にニンジンはなくてもいいか」という気分になってしまい、だんだんと緑黄色野菜とは疎遠になってしまうのである。

だからといって、そのままで良いというわけでもないので、なんらかの形で緑黄色野菜を摂る必要がある。

「では、どうすれば良いか？」

この問題に対する答えとして私が出した方法とは、「緑黄色野菜を材料に使ったものから摂る」ということである。

どういうことかというと、緑黄色野菜から作られたパンやコロッケ、アイスクリームなどを利用するのである。

ちなみに、今日の夕食もこの話を書くため、手間と時間がかからないレトルトカレーで済まそうと思い、スーパーへ行ったら「ほうれん草のカレー」なるものがあったので、思わず買ってしまった。

この「ほうれん草のカレー」、今日初めて買ったので、この文章を書いている時点ではまだ、どんな味かはわからずにいる。

と書いていたら、お腹が空いてきたからここで書くのを中断して、食べてみようかと思うが、果たしてどんな味かは後ほど報告させていただく。

さて、話はもどるが、ほかにもほうれん草入りのパスタや、カボチャの入ったコロッケやパイ、ニンジン入りの食パンなどいろいろなものを試したことがある。

いろいろ試せば、当然のことながら（？）、「当たりはずれ」が存在する。

そこで、私なりに〝当たり組〟と〝ハズレ組〟に分けてみたので、参考にしていただければ幸いである。

まずは、〝当たり組〟。

当たり組に該当するものとしては、ほうれん草入りのパスタ、カボチャを使ったパイやコロッケ、アイスクリームなどが挙げられる。

これらは、いずれもその野菜を材料に使っていることに対する抵抗感のようなものが、感じられないのである。

例えば、カボチャの煮物などは、カボチャそのものに問題があったり、作り手の腕が悪かったりして、パサパサだったりビチャビチャだったりするが、先の食品にはそのようなものは感じられず、食べやすいのである。

そういう点では、（緑黄色）野菜不足解消としては、頼もしい味方（？）である。

次に、〃ハズレ組〃。

ハズレ組に該当するものとしては、ニンジン入りの食パンが挙げられる。

ある日、食パンが食べたくなり、パン屋さんへ行くとニンジン入りの食パンなるものが売られていた。

ニンジンが入っていることを「証明」するかのように、食パンの白い部分がオレンジ色になっている。

「これは、ニンジン不足の解消になるかも」と思い、早速買って食べてみた。

かんじんの味の方はというと、なんとも言えない変な味で、普通の食パンとの味の違いは明白であった。

やはりこういう食品は、その野菜の存在を感じさせないのが良いのであって、（なんか違うな）と感じるようではいただけない。

そういえば、さっき書いた「ほうれん草のカレー」。食べてみたところ、見た目の色以外はほうれん草が入っていることを感じさせず、〃当たり組〃に該当する味であった。

ところで、この（緑黄色）野菜不足解消法。とりあえずは緑黄色野菜を摂ってはいるものの、栄養学的にはどの程度効果があるのだろうかと疑問に思うこともある。

しかし、一方では「きちんと野菜を食べている」という心理面での効果は十分に期待できるので、試してみる価値はあるのではないかとひそかに自負する私であった。

# ソフトクリーム雑感

外出先で、デパートや地下街などを歩いている時、ふとソフトクリームが食べたくなることがある。

こう書くと、「なんでまた、ソフトクリームなの?」と言われそうだが、話は私の子ども時代に遡る。

私が生まれた時は、万博が開かれていたような時代だったので、アイスと言えば、いわゆるアイスクリームのほかにも、氷のアイスなど百円アイスのバリエーションはそれなりにそろっていた時代であった。

ところが、うちの親は、私が「最初の子ども」だったために、変なところに神経質になってしまい、かき氷のアイスを食べさせることに不安を感じたため、アイスといえば「アイスクリーム」しか食べさせてもらえなかったのである。

この時の幼時体験が災い（?）してか、以来、かき氷などはあまり食べたいと思わないまま現在にまで至っている。

本当、「三つ子の魂百まで」とはよく言ったものである。この本をお読みのお父さん、お母さん、あまり神経質にならないようくれぐれもご注意を！

そんなわけで、私の体（頭）の中に「アイス＝クリーム、アイス≠氷」という図式ができてしまい（三十年以上経ってもこわれないとは、随分と頑丈である）、最初に書いた「ソフトクリームを食べたくなる時」につながっているのである。

ソフトクリームと言えば、私が子どもの頃、よく食堂などで食べると針金を曲げて作ったようなスタンドに乗って出てきたことや、少年が自分の背丈より大きなソフトクリームを抱えている看板の思い出があるが、現在ではほとんど見かけなくなってしまった。

一体、どこへいってしまったんだろうか？

現在では、ソフトクリームを出す食堂も少年の看板も見かけなくなったけど、ホーロー看板のように、探せばまだ、どこかにひっそりとあるのかなあ？

その一方で、以前（昔と書くと、いかにも年寄りの思い出話みたいなので）は、バニラ、チョコレート、ミックスの三種類しかなかったソフトクリームも、現在では「御当地限定モノ」も含めて、いろいろな種類が出回っている。

私も、子どもの頃からのソフトクリーム好きに、毎度お馴染み（?）の「とりあえず経験してみよう精神」が加わって、転勤先や旅先で見慣れぬ味のソフトクリームがあるとよく食べている。

そこで、これから「どんな種類があって、どんな味だったか」ということを書いていきたいと思う。

まずは、私が今まで食べた中で、いちばんおいしいと思ったのが「ずんだソフト」。

この本をお読みいただいている方が、宮城県の出身だったり、宮城に住んだことのある方だったら、「ああ、あれね」とすぐにおわかりだろう。

そうでない方のために説明すると、「ずんだ」とは枝豆のことである。

仙台辺りでは、この枝豆を潰したものを「ずんだ」と呼んでいて、お菓子などの原料に使われており、「ずんだソフト」もその中の一つである。

一度食べたらおいしかったので、遊びに来た友人に紹介したところ、「バニラソフトの中に、ビールのつまみに出てくる枝豆が〝そのまま入っている〟のかと思った」と言っていたが、もちろんそんなことはない。

色は、全体に薄い黄緑色といった感じの色で、食べると枝豆の粒が入っているのがわかるが、それほど抵抗感はなく、あっさりとした味に仕上がっている。

次に、印象に残っているのが、「抹茶ソフト」。

これは、最近あちらこちらで見かけるようになったが、私が印象に残っているのは、小倉と仙台で食べたものである。

どちらもお茶屋さんの店先で売られていて、そのせいか今時珍しい（？）単品販売（つまり、バニラとかチョコといった種類がないという意味）。

抹茶というと、表千家と裏千家に代表されるあの「堅苦しい」（失礼）イメージしかなかったので、初めて看板を見た時には、「まさか、あの抹茶がソフトクリームになるなんて！」と驚いた記憶がある。

さて、味のほうはというと、抹茶のほろ苦さのようなものが感じられ、どちらもとてもおいしかった。

最後に、紹介するのは、「紫いもソフト」。

これは、某高速道路のサービスエリアで食べたのだが、名前の通り紫色をしたソフトクリームである。

最初見た時は、「あじさいの花でも使っているのか?」と思ってしまうような色で、あまり目にしない色のせいか、ちょっと抵抗感を感じたが、食べてみると「イモ」という味が自己主張せず、おいしかったので、ここのサービスエリアを利用する時は、よく食べている。

ほかにも、〇〇メロンソフトや、キャラメルソフトなどいくつかのソフトクリームを食べたが、あまりおいしいとは感じられなかったので、ここでは割愛させていただく。

あっ、それから書くのを忘れていたけど、私は自他ともに認める「味オンチ」な人間なので、ここで紹介したソフトクリームの味はたいしてあてになりませんから、どんな味かは御自分の舌で確かめてください。

あと、ここで紹介したソフトクリームを売っている場所もあえて伏せておきます。

その方が、目的のお店を見つけたことと、ソフトクリームを食べられたことで二重の喜びを体験できるでしょうから。

読者の方の健闘を祈る(!)。

# あの味は…

休日の昼食にふと、パンが食べたくなりコンビニへ買いに行った時のことである。

何にしようかと思いながら商品の並んだ棚を見ていると、ある一つのパンが目についた。

そのパンとは、「ボ〇カレーパン」といって、あのレトルトカレーの代名詞と言っても過言ではない、「ボ〇カレー」のパッケージがそのまま袋に印刷されていた。

しかも、御丁寧に（？）甘口、中辛、辛口の三種類があるではないか。

私は、カレーパン自体は嫌いではないが、格別好きというわけでもないので、たまに買う程度であったから、これが、「普通のカレーパン」だったらまず買わなかっただろう。

しかし、「ボ〇カレーパン」と書いてあり、しかも袋にはあの〝松山容子〟（確かこんな字だったと思うけど正しいという自信はない）が印刷されている。

これを見た私は、懐かしさのあまり思わず買ってしまった。

「ボ○カレーパン」と言うくらいだから、最初はてっきりパンの中に「ボ○カレー」がそのまま入っているのかと思っていたのだが、袋の裏を見ると「市販のボ○カレーをそのまま使用したのではなく、パンに合うように作ったカレーを包みました」との注意書き。「なあんだ、そうだったのか」と少々がっかりしながら食べたパンの味はというと、かすかに「ボ○カレー」の味はするものの、ほかのカレーパンと大差はないというのが、私の食べた感想である。

ところで、「ボ○カレー」の名前が懐かしくなって（パンを）買ったと書くと、子どもの頃は、さぞかしよく食べていたんだろうと思われるかもしれないが、正直言って「ボ○カレー」はあまり食べた記憶はない。

その代わりと言ってはなんだが、レトルトカレーでよく食べた記憶があるのは、「仮面ライダー○3カレー」である。

もし、この本をお読みいただいている方が、昭和三十年代後半から四十年代前半に生まれた方だったら「ああ、あれのことか」と思い出していただけるかもしれない。

その他の方のために説明すると、名前のとおり子どもを対象とした商品で、箱の中におまけとして、仮面ライダー○3が怪人と戦っている場面などのシールが入っているという商品である。

ということは、私がよく食べたというのも当然のことながら「おまけ欲しさ」という企業の思惑どおり（？）の理由であった。だが、以前に社会問題になった「仮面ライダースナック」のように、お菓子だけを捨てるというわけにもいかず、カレーを食べなければシールはたまらないので、毎回カレーを食べるハメになったわけである。

このような〝努力〟を積み重ねて集めたシールであるが、今となっては手元に一枚も残ってなく、残っているのは思い出だけである。

このことを思い出すたびに、あれだけあったシールはどこへ消えてしまったんだろうと不思議でならない。

「懐かしい味」で思い出したが、子供のころ「マ○レンジ」というおもちゃがあった。このおもちゃは、テレビのコマーシャルでもよく流れていたので、ご記憶の方も多いかと思うが、キッチンのような形をしていて、中に電熱器（よく、ワンルームのアパートやマンションにある蚊取り線香のような形をした、調理などができるガス台の代用品）がセットしてあり、子どもでも本当にホットケーキが焼けるというものであった。

実際、コマーシャルでも「マ○レンジ、マ○レンジ」という音楽が流れて、女の子（現在はどうしているんでしょうか?)が、一人でホットケーキを焼いて食べている映像が流れていた。

このコマーシャルを見た当時の私は、「あんなママゴト遊びみたいなおもちゃでホットケーキが本当に焼けるのだろうか? 仮に焼けたとしても食べられるわけはない。あれはコマーシャル用に撮影したものだろう」と勝手に疑っていた。

しかし、その一方で「もし、本当に焼けるというのであれば食べてみたいなあ」という思いもあった。

ホットケーキなんて、市販の粉を使って焼けば、何で焼こうと大差はないのだろうが、子どもというのは、「マ○レンジ」で焼くと特別おいしいのではないか? と思ってしまうものである(私だけかな?)。

さて、味のほうはというと実際のところはわからないまま今日に至っている。

と言うのは、私の周りに「マ○レンジ」を持っている人はいなかったし、そのうち製造中止にでもなったのか、いつのまにか見かけなくなってしまった。

それでも、諦めきれなかった私は、その後も中学や高校などで「マ○レンジで焼いたホットケーキの味」を知る人間を探したが、見つからなかった。

それにしても「あの味」はどんなものだったのだろうか…。

この話を読まれた方で、もし、「あの味」を御記憶の方がいたら、是非とも御一報ください。

連絡お待ちしています。

# わからなくて当たり前？

「来るものは拒まず」という格言がある。

よく、「自分は心の広い人間です」とでも言いたいのか、この言葉を使う人がいるが、私の場合は全くの正反対で「来るものであっても拒む」を信条としている。

よって、自分にとって本当にいい人だと思える場合は、こちらも心を開いて自分としてもできる限りのことはするように努めている。

しかし、「こいつはイヤな奴だ」とか、「こいつを相手にしても得られるものは何もなさそうだ」と判断した場合は、心を閉ざすどころか、人によっては非情な態度をとることもある。

我ながら極端だなあと思うが、八方美人的な誰とでも仲良くなどという小学校の先生が小学生に言うような考えは持ちたくないので、前述のような結果となるのである。

このような対応をしていると、後者に該当する人たちからは、「わからない奴だ」とか「何を考えているのかわからない」などというような声が、直接・間接に私の耳に聞こえてくる。

だが、このような声を聞くたびに私は「へえ、わかっているじゃない」と思う。

一見、人をバカにし、矛盾した答えのように思われるかもしれないが、私に言わせれば「ロクに話もしないのに（私のことが）わかるわけがないだろう」となるわけである。

そう思いませんか？　何か特別な能力でも持ち合わせていない限り、人間なんてじっくりと話をしなければ、その人がどういう人かなんてわかるわけないんだから。

そりゃあ、多少話をすればある程度のことはわかるでしょう。けれど、（少なくとも私の場合は）じっくりと話をしなければ、どういう人間かなんて一生かけてもわかりません。

別に「オレはオマエらと違って優秀な人間なんだ」などと言うつもりは毛頭なく、ただ私は、「自分（の考え方、信条）」というものをきちんと持っているので、ちょっとやそっと話をしたからといって、すぐにわかるものではないと言いたいのである。

だから、私は、前者に属する人たちを除いては、多少のことは何を言われても「どうぞ、ご勝手に」といった感じで気にしないようにしている。

別に私のことを知らない人間が言うことなんて、〝氷山の一角〟程度の知識を元に、てめえの勝手な想像を付け加えた「知ったかぶり」に過ぎないし、こっちは「自分（の考え方、信条）」を持っているのだから、そんなことにいちいち付き合う必要はないと思っているからである。

しかし、私の職場の人間（半分以上は後者に該当するのだが）からは自分が理解できないことに納得がいかないのか、単にほかにやることがないヒマ人なのか知らないが、何かにつけて「わからない奴だ」とか「何を考えているのかわからない」というような声が聞こえてくる。

まあ、思うのは勝手だが、自分がわからないからといって、そのことを正当化するために人のことを変わり者呼ばわりするので腹立たしい。

わからなければわからないで黙っていればいいだけの話である。

私も自分が嫌いな人間や関心のない人間に関しては、その人がどういう人間かなんてそれこそ〝氷山の一角〟程度しか知らないが、それで不自由をしているわけでもないし、それ以上のことを知りたいとも思わない。

別に学校の勉強じゃないんだから、わからないからといって放っておいても自分が困るわけでもないし、(嫌いな人間のことなど)知ったところで得するものでもない。

だから、どうしてそんなに人のことを知りたがろうとし、自分の思うような回答が得られないからといって、人のことを変人呼ばわりする必要があるのだろうといつも不思議に思えてならない。

「自分(の考え方、信条)」というものをきちんと確立していれば、そんなことを考える必要もなければ、ヒマもないはず。

要するに、人のことにケチをつけるといった形でしか、自分に自信を持つことができないのだろう(お可哀相に…)。

私に言わせれば「わからなくて当たり前」であり、そんなこともわからないのかと言ってやりたい気分である。

それにしてもこういう人間(人のことをわからないと嘆くような人)こそ、私に言わせれば「何を考えているのかわからない」人間にあてはまるのではないかと思うが、これ以上考えるのも時間の無駄に思えるので、このへんで終わりにして次の話へ行きましょう。

# たった一人の反乱

サラリーマンをやっていると歓送迎会や忘年会、新年会といった職場の宴会というものはどこでもついてまわるものであるが、嫌いな人間にとっては苦痛な上、迷惑この上ない話である。

まあ、それでも職場環境が良ければ、まだ宴会への出席も我慢のしようがあるというものだが、職場環境が悪いとそれこそ「ガマン大会」以外のなにものでもない。

私が現在所属している部署は、個人的には後者の部類に入るので宴会は非常に苦痛であり、職場にいることが針のムシロに座らされている状態ならば、宴会はその上に重しか剣山でも乗せられたような気分にさせられる。

仕事ならば、まだ金になるのでいいが、宴会の場合は一回平均五千円程度の金を取られた上に、プライベートな時間を犠牲にした挙げ句、精神的苦痛を味わわされたという思いしか残らないから始末が悪い。

私は、このように考えている人間なので、職場の宴会は極力出たくないというのが本音であるから、一度欠席をすると言ったことがあった。

組織なんか一人や二人いなくたって、なんとでもなるわけだし、職場の中でも私と話をしたいという人間もいないはずだから、影響はないだろうと考えた結果であった。

ところが、それを聞きつけた上司は「お前のためだ」と言いながら、「周りから見れば自分たちが〝仲間はずれ〟にしているようにとられかねない」とか、「ここの課の人間関係が悪いような印象を与えてしまう」などといったことを、あーだ、こーだと並べ立てた挙げ句、「強制はしないけれど」と言いながら不当な圧力（？）をかけてくる。

そして、最終的には本人の口から「出席します」という言葉を言わせ、自分たちが強制したわけではないという形の体面を取り繕うという、まるでサラ金の取り立てのような〝手口〟で迫ってくるのである。

結局のところ、「お前のためだ」と言いながら、実際は周りのことを話のネタにして喜んでいる程度の低い「ヒマ人」たちに、自分たちの管理能力を問われることを恐れているだけのことなのである。

ちなみにこの上司は、宴会大好き人間（一度出れば二次会、三次会と続き、必ず午前様という人）の上に、いい歳をして「人それぞれ」という考え方ができない人間なので、これ以上議論を続けても無駄だと思い、それ以降は「おとなしく」参加することにしている。

だが、参加するといっても、「はい、そうですか」と簡単に迎合するのも腹立たしいから、宴会に参加した上で「俺は宴会は嫌いだ！」という意思表示をしてやることにした。

相手にしてみればとりあえず「出席」すれば文句はないはずだからである。

では、どういう方法で抵抗しているかというと「飲まない」「話さない」「動かない」の三点である。

まず、「飲まない」とは、文字通り宴会ではアルコール類は一切口にしない。

私は全くの下戸というわけではないが、大酒飲みでもないので、友人などの親しい人たちと会ったりする時に飲む「楽しいお酒」ならそれなりに飲むが、職場の宴会のような「つまらぬ酒」は飲む気になれないのである。

小さなコップに瓶をとっかえひっかえ「まあまあどうぞ」などと言いながら半分もなくならないうちから継ぎ足していく。

焼き鳥やうなぎのタレじゃないんだから、継ぎ足したところでうまくなるわけがなく、かえってまずくなるだけである。

それに、飲まなければ間違っても二次会へ引っ張り出されることはない。うっかり飲んでしまうと「人手不足」を理由にそのまま二次会へと連れていかれ、翌日は二日酔いで、貴重な休みを丸一日つぶしてしまうという悲惨な思いをするハメになる。

次に、「話さない」とは宴会の間は基本的に会話を拒否することである。

現在の職場では、会話というものはほとんどない。

毎日のように顔を突き合わせていてもたいして話すことがないというのに、宴会になったからって急に話せるわけがない。

もし、それが可能だというのならば、うわべだけを取り繕っているだけで、中身はなーんにもないはずで、譬えは悪いかもしれないが、ホテルで一夜を明かしておしまいというアベックと同じである。

私は、そんなことなら最初から話さないほうがいいと思うから黙っているのである。

そして、宴会の間中「今週のエッセイは何について書こうか」とか、「ここで過ごす二時間があればどれだけのことができるだろうか」などといったことを考えながら、ただひたすら（このつまらぬ）宴会が早く終わることだけを願っている。

最後に「動かない」とは、一度席に着いたらトイレに行くほかはその場所から動かないのである。

よく、宴会というと話し相手を求めてビール瓶片手にあちこちとさまよい、行った先々でそこにある他人の使ったコップでビールを飲んだり、箸や皿で料理を食べたりする人がいるが、私はそんな下品な（？）まねはしたくない。

それに、席を動いたところで親しい人間などいないのだから、どこへ行っても歓迎されるわけもなく、動き回るだけ損だし、その場限りの媚を売るようなまねもしたくない。

結局のところ、最初の席にずっと座っていることになるのである。

つまり、私の実行している「飲まない」「話さない」「動かない」とは宴会の際に見られる「通常の行動」と全く正反対の態度をとることによって、宴会は嫌いだという「反宴会権」を主張しているのである。

ここまで読まれた読者の方の中には、「お前の言ってることは自分勝手な主張ばかりじゃないか！」と思われる人もいるかもしれない（特に宴会好きな人）。

だが、私は宴会を楽しむ人たちにケチをつけるようなマネは一切していないし、宴会の際の「通常の行動」をとる人たちに対しても「どうぞ御勝手に」くらいにしか思っていない。

口で「反宴会権」を主張してもわからないので、百歩譲って、出席した上で実力行使（？）に出ているだけのことであり、てめえの体裁を保持するために無理やり参加させる方がよっぽど自分勝手で始末が悪い！（怒）。

最近、嫌煙権が認められてきているように、「反宴会権」だって認められてもいいはずである。人それぞれ考えの違いがあるのだから…

この話を読まれて、「そのとおり」と共感してくれた読者の皆さん、私と一緒に「反宴会権」を定着させませんか？

それまで私は「たった一人の反乱」を続けますから。

# 本当に正しいの？

よく、新聞などの健康に関する記事や特集などを読んでいると「朝食は必ず摂るようにしましょう」とか、「一日三回の食事を規則正しく摂りましょう」などといった内容を目にする。

このような内容を目にするたびに、「本当にそうする必要があるの？」と思ってしまう。というのは、私は、基本的に昼食と夕食の一日二食しか摂らないのだが、今のところはそれで充分に間に合っているからである。

私も社会人になるまでは三食きちんと摂っていたが、社会人になって一時期会社に行くのが憂鬱に感じる時期があり、朝起きても食欲がなく、朝食を摂らずに会社へ行くという時期がしばらく続いたのをきっかけに朝食を摂らなくなったのである。

そんなきっかけで（ホテルなどに宿泊した時以外などは）朝食を摂らなくなったのであ

るが、朝食を摂らないことの効用は意外と多いのである。

まず、朝は早起きしなくて済むのである。

自宅で朝食を摂るとなると、当然のことながら食事時間やその支度の時間を考えて、それなりに早起きする必要があるだろう。

また、独り暮らしの場合だと、途中のコンビニや駅の売店で買って行くことになるだろう。

いずれの場合にしても、毎日のことなので、早くから起きて食事の準備をするのは大変だろうし、コンビニや駅の売店で買うパンやおにぎりは防腐剤などの化学物質が混入されているので、たまに食べる分にはいいだろうが、毎日食べるとなると体への悪影響があるのではないだろうか。

その点、朝食を摂らなければ独り暮らしの場合、その分ゆっくりと寝ていられるし、親と同居している場合でも休みの日などに「ご飯よ」の声に起こされることもない。

次に、「太らない」のである。

よく、「朝食を摂らないと太る」とか、「朝食は一日の活力源」などと言う人がいるが、私に言わせれば「なまじっか朝から食べすぎるから太るんだ！」となる。

「朝食を食べないとかえって太る」と言う人がいるが、朝食を食べないと太るというのは、朝から何も食べないことによっておなかが空きすぎてしまい、その反動で昼食時にまとめ食いをしてしまうからである。

確かに、朝食を摂らなくなると最初のうちは空腹感に悩まされることもあるが、牛乳でも流し込んでおけばやがて慣れてしまう。

また、我々現代人の生活は、昔と比べて運動量が極端に減少しているのが事実であるので、カロリーの摂りすぎを防ぐ意味でも「朝食抜き」は効果があるのではないだろうか。

そして、最後は「食費の節約」になるのである。

朝食を摂らないということは当然のことながら、その分食費が浮くわけである。

その結果、エンゲル係数がいくらかでも下がるし、生活にも余裕ができて趣味などに回すことができるお金も増える計算になる。

「一食分くらい減らしたって、たかがしれているではないか」という声が聞こえてきそうだが、一日にすれば僅かな金額でも一年で考えるとその差は大きい。

仮に一日の朝食代をコンビニのサンドイッチ（二百円）＋牛乳（百円）と設定した場合で三百円×三六五日＝十万九千五百円の差が生じる。

これが、五年、十年となると差がさらに広がるのは言うまでもない。

このように、「朝食抜き」というのも一概に体に悪いというわけではなく、それなりに利点もあるというのが私の考えである。

だからと言って、「皆さん、朝食を摂るのをやめましょう！」などと言うつもりは毛頭ない。

このあたりは、いつも書いているように「人それぞれ」なのだから、各自が自分に一番合う方法を選択すれば良いだけの話である。

では、なぜこんな話を書いたかというと、最初に書いたような「朝食は絶対に必要」というような画一的な考え方に反発を感じていたし、自分の周りの人の中にも（親切のつもりなのだろうが）「朝はしっかりと食べた方がいい」などと余計なお世話（失礼）を焼く人が多いので書いてみた次第である。

そもそも人間の長い歴史の中で、毎日三度の食事を摂るなどという経験をしたのはごく最近のはずであるし、現在の高齢化社会を支えている、戦争を経験した世代の人たちなどは、若い頃に食うや食わずといった大変な経験をしたにもかかわらず、現在でも元気に活躍しておられる方も大勢いる。

そう考えると毎日、朝食を摂るということが「本当に必要なの？」と感じる私であった。

# 長生きするのはなんのため？

最近、新聞やニュースを見ているとよく少子化の問題が取り上げられている一方で、高齢化社会が社会問題となっている。

この少子化と高齢化問題。随分と前から騒がれているわりには、対策のほうはさっぱり進んでいないという印象を受けるが、個人的には前者は実際に問題になっても、後者に関しては現在だけでそのうち自然と解決するのではないかと思っている。

どういうことかというと、誰もが七十歳、八十歳まで生きるというような時代は現在だけで、これからは寿命が短くなるのではないかと考えているからである。

このように書くと「だが、現に平均寿命は七十代から八十代で推移しているではないか、我々だってそのくらい生きられるはずだ！」という声が聞こえてきそうだが、そのように思っている人にはこれから書くことを考えてもらいたい。

現在、〝高齢化〟の最中にいる人たちと、これから〝高齢化を迎えるであろう人たち〟が生きてきた環境が同じかどうかであるということである。

答えはというと「ノー」であり、単に「ノー」であるというだけでなく極端に悪化している。

戦後の日本社会は高度経済成長により急速な発展を遂げ、おかげで日々の生活は非常に便利かつ快適なものとなった。

だが、この「便利かつ快適な生活」というのが、長生きという点では裏目に出てしまう。戦後までの日本は工業化もそれほど進んでいなく、空気や水もそれほど汚染されていなかったはずだし、交通機関や通信手段も現在ほど整備されていなかったので、人々は体を動かさなければ生活ができず、食料も現在ほど豊富にはそろっていなかった。

ところが、現代では工業化が進んだことによって大気汚染や水質汚染、食品への薬品の混入（添加物など）が日本中で問題となっているし、交通、通信手段が発達したことによって体を動かす必要がなくなり、何かというと「運動不足」が話題になるほどである。

このように、それまでの人類が長いこと続けてきた生活パターンを急激に（悪いほうに）変えているのである。

それなのに、現在七十歳、八十歳まで生きているからといって、この状態が今後も維持されるのだろうか？

つまり、現代の生活環境は昔に比べて長生きするのに適さないのである。

しかも、長生きしているといっても、誰もが五体満足な状態で老後を迎えられるわけではなく、なかには当然、痴呆症や寝たきりの人なども含まれるのだが、人は皆「自分だけは大丈夫」と心の片隅では思っている。

それにしても、なぜそんなに長生きすることにこだわるのだろうか？

人間の寿命なんて個人差があるのだから、平均寿命が何歳であろうと自分自身がその歳まで必ず到達できるという保証はない。

それなのに、勝手に七十歳、八十歳まで生きると決めつけて、「老後の蓄えはいくら必要だ」とか、「女房（亭主）に先立たれたらどうしよう」といったような何十年も先の心配ばかりしている。

確かに歳をとるに従って時間の流れは早く感じるようになるので、気持ちはわからないでもないが、かんじんなのは「満足のいく人生を送る」ことではないのだろうか？

「老後の心配をするのが今の自分の生きがいだ」というのならそれで結構だが、そうでなければ老後の心配をしたところで何も得られないはずである。

人間誰しも早かれ、遅かれ死を避けて通ることはできない。

だったら、先のことを心配して、ただどうしようと頭を抱えているよりかは現在、自分が何をやりたいかということを見つけて、それを実行に移すほうがよっぽど有意義なはずである。

そして、そのことを繰り返しているうちにいつのまにか老後を迎え、人生最期の時を迎えていたというほうが（たとえ何歳で人生が終わろうとも）、有意義な人生を送ることができるはずである。

老後を迎えることを当然のように考えている方は、「長生きするのはなんのため」なのかこのへんでもう一度考え直してみてはいかがだろうか？

## 比べてみれば…

前に、女子プロレスラーの納見佳容選手（以下、納見選手）とツーシッョト写真を撮った時のことを書いたのだが、プロレス好きの友人（ただし、若干名）から、「脇澤美穂選手（以下、脇澤選手）とはツーショット写真は撮らなかったの？」という声が寄せられた。

そこで、今回はこの〝若干の声〟にお応えして（？）脇澤選手とツーショット写真を撮った時のことを書きたいと思う。

納見選手とツーショット写真を撮ってから数カ月後のこと、いつものように後楽園ホールへ女子プロレスの観戦に行くと、脇澤選手とのツーショット写真の希望者を募っていた。

前回、納見選手と撮った写真によって、「プロと素人の差」を思い知らされた私としては、「前回の二の舞になっては」という思いと、「せっかくだから、脇澤選手とも撮ってもらいたい」という思いが交錯していたのだが、結局、後者が勝ち、撮ってもらうことにした。

今回は、二回目ということもあり、前回に比べて（いくらか）余裕があったので、しばらく様子を見ることにした。

さて、かんじんの写真撮影は全部の試合が終了したあとで行われたのだが、〝お相手〟の脇澤選手はその日、最終試合の出場だったため、試合終了後すぐの撮影となった。

だが、そんな状況にもかかわらず、脇澤選手は撮影場所にかけつけるなり、笑顔をふりまきながら次々と撮影を進め、その笑顔は最後のほうに撮ってもらった私の番になっても変わることはなく、終始、笑顔で接してくれた。

そんな光景を見ながら、みんな、この笑顔に「ダマされて」じゃなかった、「魅せられて」ますますファンになってしまうんだろうなあと感心してしまった。

それと同時に、ふと自分が二十歳前後の頃のことを思い出した。

なぜ、ここで二十歳前後なのかというと、この時の脇澤選手の年齢がそのくらいだったからである。

当時の私は、まだ学生という自由な身分であったせいもあるが、もともと人の好き嫌いがはっきりしている性格だった。そのため、自分にとって「いい人」と思える人に対しては、それこそにこやかに接していたが、「いやな奴」に対しては愛想笑いのひとつもできないという状況だった。

この傾向は三十歳を過ぎた現在でも変わりはない。

さすがに社会人となった現在では、たとえ、「いやな奴」でもとりあえずは、話くらいはするが、それでも仕事上、やむをえない場合に必要最小限の会話しかしないし、〝自分のスタイルを通す〟という基本姿勢は変わっていないため、敵（？）も多い。

ということは、「いやな奴と笑顔で写真を撮る」なんて間違ってもしたくない。

そんな私に対し、脇澤選手はというと（仕事とはいえ）「相手変わって主変わらず」といった状況のなかでお客に対し、きちんと接している。

このツーショット写真、正確な数はわからないが、一回に数十人は撮っているようであり、年間トータルでは百人単位となるだろう。

もちろん、すべてのお客が「一見さん」というわけではなく、中には「リピーター」もいるだろう。

だが、世の中というのはうまくいかないもので、「写真を撮ってもいいと思えるカッコイい人」というのは、（恐らく）いたとしても年に一人か二人程度だろうし、そういう人というのは意外と「一見さん」で終わってしまうものである。

それに対し、「こういう人はご遠慮願いたい」と思いたくなる人に限って「リピーター」となってしまうのだろう。

これらの人たちに対し、全員に同じように笑顔で接するというのは、なかなかできるものではない。

人間にはそれぞれ適性があるとはいえ、自分が三十年以上生きていながら、いまだにできないことを二十歳前後でできてしまうということに関しては、ただただ「さすがプロ」と感心してしまう。

前に登場していただいた納見選手と今回の脇澤選手。このお二人には一緒にツーショット写真を撮ってもらったことによって、いままで気づかずに過ごしていたことをいろいろと教えられたような気がする。

お二人にはここで改めて「ありがとう」と言わせてもらいたいと思う。

ところで、今回、脇澤選手と撮ったツーショット写真の〝出来栄え〟が気になった方もいるかもしれないが、こちらのほうは、相変わらずひきつった顔の男と身長差を少しでも縮めようと背伸びをし、笑顔でカメラ目線の脇澤選手が写っていた。

このことから、私の〝女性に対する免疫のなさ〟に関しては、まるで成長の跡が見られなかったということが明らかなようである。

# こわかったー

最近、エッセイを書く調子の波がこれまでにない好調な状態を維持している。

まるで、日本がバブル景気の真っ最中だったような状況にあり、それまでエッセイの内容に苦しんでいたのがうそのように順調に書けている。

今回の話の内容も月曜日には構想ができあがり、早く文章にまとめたくて時間のある週末が待ち遠しかったほどである。

それにしても、何でこんなに好調なのか自分にもよくわからないので、調子が落ちたときにはバブルのはじけた現在の日本同様、苦しみも大きいのではないかと心配でもある。

まあ、そのへんはどうなるかわからないので、現在はこの好調な状態をしばらく楽しみたいと考えている。

ところで、そんなに早々とできた構想の中身はというと例によって「女子プロレス」モノである。

前作からお付き合いいただいている読者の方のなかには、「またかよー」とお思いの方もおられるかもしれないが、ほかの趣味である絵画、音楽鑑賞に比べていろいろなことがあるのでエッセイにしやすいのである。いつものようになるべく専門的にならないよう心がけるので、今回もお付き合いいただきたいと思う。

さて、話は後楽園ホールでの観戦時のことである。

その日は、全日本女子プロレス（以下全女）の興業だったのだが、私は前から二列目の席で観戦していた。

試合は順調に進み、メインイベントで全女のZAP・I（ザップ・アイ）選手とZAP・T（ザップ・ティー）選手組とJWPという団体のコマンド・ボリショイ選手と日向あずみ選手組によるタッグマッチが組まれていた。

赤、青それぞれのコーナーから双方の選手が入場してきてリング上にそろってから選手紹介まで若干の間があいていた。

その時である。ふと視線を感じてその方向を見ると、なんとZAP・T選手がこちらを見ていた（ちなみにZAP・T選手はZAP・I選手とともに覆面を被り、竹刀やチェーンを武器に闘う悪役レスラーである）。

その日、私の座っていた席はＺＡＰの二人の立つコーナーの反対側の位置で、選手の視線の延長線上にいた。ということは、「目が合った」といってもたまたまそうなっただけのことであり、決して私が〝カッコイいから〟というわけではない。

だが、相手は悪役レスラーであり、その上覆面を被っているので表情は全くと言っていいほどに読み取れない。

私は、目が合った瞬間、そのまま固まって静止画像のようになってしまった。まさに「ヘビににらまれたカエル」状態である。

その間、時間にしたらほんの数秒の出来事だったのだろうが、私には数十分にも感じられた。

もちろんその後は、何事もなく試合は始まり、私もいつものように試合を楽しんで家路へとついた。

とまあ、ここまではよくある話（？）で終わってしまうところであるが、話はここから思いがけない展開となったのである。

なんとその夜、夢のなかにＺＡＰ・Ｔ選手が登場したのである。

どういう夢かというと、登場人物は私とZAP・T選手の二人だけで、私はただひたすらZAP・T選手に竹刀で叩かれ続けるというものであり、譬えは悪いがムチが竹刀になっただけで〝女王さま〟と変わりはない。

しかも、本当にたたかれたというわけでもないのに、翌朝、目が覚めたら全身が筋肉痛になっていて起きるのがつらく、本気でその日は仕事を休もうかと思ったほどであった。

それ以来、会場やテレビなどでZAP・T選手を見るたびに、あの時の視線と筋肉痛を思い出してしまう。

だが、こんな恐い経験（?）をできるのも「生」で見に行っていたからであり、当然のことながらテレビ桟敷では不可能な話である。だから「生」で見るのはやめられない。

それにしても、あのときのZAP・T選手の視線はこわかった—。

# 恥ずかしさの三重奏

よく、テレビで「衝撃映像一〇〇連発」とか、「信じられない奇跡の生還」などといった番組を放映している。

このテの番組に登場するようなケースに遭遇する人は、まれにしても（できれば一生経験したくないものだ）、人間、誰しも「信じられない（全く予期していない）出来事」に遭遇したことは一度や二度はあるだろう。

私も、先日そのような経験をしたのであるが、今回はその時のことを書かせていただきたいと思う。

さて、今回の話にご登場願うのは、私の本では〝常連さん〟となりつつある（？）全日本女子プロレスの納見佳容選手（以下、納見選手）と脇澤美穂選手（以下、脇澤選手）である。

となれば、話の舞台となるのも後楽園ホールである。

その日は試合開始が正午からだったので、十一時過ぎに会場に入った私は会場で配られたチラシを見ながら、途中のコンビニで買ったパンを食べていたのだが、しばらくするとリングの上に納見選手と脇澤選手が上がってきた。

自分たちのデビュー曲のCDの即売&握手会を行うためであったのだが、上がったばかりでお客はまだ来ていなかった。

そんな時、私の耳に二人のこんな会話が聞こえてきた（これから書く会話の内容は私の聞こえた範囲の記憶をもとに「再現」したものであるため、事実とは多少異なるかもしれない）。

納見選手「ねえ、脇澤さん。あそこにいる人、〝本を書いている人〟（好きだなあこういう表現）らしいんだけど、アタシたちミホカヨ（二人のコンビ名）のファンなんだって」

脇澤選手「えー、どの人」

納見選手「ほら、あそこの人」

脇澤選手「えー、どこどこ」

この時点で、私は「ふーん、やっぱ二人とも人気があるだけあって、オレと同じようなことを考える人がいるんだなあ」と思いながら相変わらずパンを食べていた。

前作「こだわりを捨てたら」をお読みいただいた方ならお気づきかとは思うが、本の中で私は、納見選手と「ツーショット写真」を撮ってもらった時に、彼女のプロとしての応対ぶりに関心し、「さすがプロ」という話を書いていたのである。

私がそんなことを思っているとはつゆ知らず、話は続く。

納見選手「ほら、あそこに座っている人」

「なんか、声がこっち（私が座っている方向）の方へ聞こえるけど、このへんにいるのかなあ、それにしてもどんな人なんだろう？」と思いながら、パンを食べ続ける私に〝信じられない一言〟が聞こえてきた。

脇澤選手「ああ、あそこのパン食べている人？」

この一言を聞いた私は〝ナニイ、オレのこと！ …○△★◎※（頭の中はパニック状態）〟。

少したって、ふと我に返った私は、恐る恐る声のする方へ顔を上げた。

すると、さっきまであんなに楽しそうに（？）話をしていた二人が、黙ってこちらを見ていた。しかも、その時の二人といったら、「井戸端会議をしている近所の奥さん」（失礼）と化していた。

「井戸端会議をしている近所の奥さん」とは、ごみ捨てや子どもの送り迎えのついでに丸い輪を作って話し込んでいる奥さんたちのことである。

「ちょっとお、奥さん知ってるう。〇〇さんのご主人、会社のお金横領していたそうよ」

「まあ、そうなの。まじめそうに見えるけど裏じゃ何やってるかわからないわねえ」

「ほら、あの人が〇〇さんのご主人よ」

と言った時に〝〇〇さんのご主人〟を見る時の奥さんたちの視線に（二人は）なっていた。

話はそれたが、目が合ったことにより、〝本を書いている人〟が私であることを確認した二人は会話を再開した。

納見選手「そう。あの人、アタシと一緒に写真撮ったんだけど、その時のことを本に書いていて、『好みでもない異性と笑顔で写真を撮るなんて、自分にはできないなあと思うとともに、一枚の写真だけでプロと素人の差がハッキリと表れていて、さすがプロだ』って書いてくれたの」と話の内容を正確に話している。

ここまで聞いた私は（なぜ、それを！）という驚きと動揺で目の前が真っ白になってしまった。

そうなった原因は言うまでもない。「なぜ、私が本を書いていることと〝ゆき〟の正体が、私だとわかってしまったのか？」ということである。

この時点では、まだ本は出版どころか、最終校正（文章の手直しをすること）が終わって間もない段階。ということは、本文の内容に関しては私と出版社の人以外、知らないはずである。

まさか、本人をつかまえて聞くわけにもいかないので、私なりに考えてみたのだが、恐らく、本を出版するにあたって実名を出す関係上、本人に許可をもらうために原稿を送付したのだろう。

そして、その原稿の内容から、過去の記録を引っ繰り返して、写真を撮った日を調べ、撮影した順番がわかるような形でネガか写真が残っていたのだろう。

私の推理はいかがですか、納見選手？（覚えているわけねえだろ！）。

まあ、〝ゆき〟の正体を調べた方法はさておき、もし、あの文章を納見選手本人が読んでいたら、怒られるのではないかと心配していた私は、まんざらでもない様子にホッとした。

本をお読みいただいた方は、お気づきかもしれないが、私は納見選手の写真撮影時におけるファンへの応対ぶりを、「さすがプロ」とは書いているものの、かんじんのプロレスに関することにはふれていない。

ということは、考えようによっては、「プロレスラーの納見選手は、評価できるほどではない」ともとれる。

このことは、私がいちばん悩んだ点である。

写真撮影のことを書いたことと同時に、選手としても立派であるといった感じで、褒めることは可能である。

だが、（失礼なのを承知の上で書かせてもらえば）当時の納見選手は、選手としてはまだまだという印象を受けたし、これが限界というのではなく、これからさらに伸びてほしいという（ファンとしての）思いもあった。

なにも褒めるばかりがファンでもないだろうし、エッセイという文章を書く人間の一人としても、心にもないことを書くのは気が引けた。

「ここは、やっぱり一人のファンとして、物書きとして良心に反することは書けない。それが原因で、嫌われても怒られても良いではないか」と思い、あえてプロレスラーとしての部分に関する話を控えた。

仮に、納見選手が怒ったとしても、「いまに見てなさいよ！　今度はプロレスで〝さすがプロ〟と書かせるような選手になってやるから！」といった具合に発奮材料になってもらえればという思いもあった。

正体がバレたにもかかわらず、怒られずに済んだのは良かった。だが、のほほんとパンを食べている姿をバッチリと見られ、ひきつった顔をして写っている写真を見られ、トドメにこのことを本に書かなければならない（？）なんて、まさに「恥ずかしさの三重奏」だなあと思うのであった。

# バレンタインは罪作り？

二月十四日といえば、言わずと知れたバレンタインデーであるが、毎年この時期になるとチョコレートをめぐって悲喜こもごもの話が展開される。

女性から男性へ渡されるチョコレートは「義理」と「本命」の二種類に分かれるが、私の場合は女性に縁のない人生を送っているので、後者は一度ももらったことはなく、もっぱら前者のみである。

この「義理チョコ」。私の職場も例外ではなく、女子職員の人たちがお金を出し合って買ったチョコが配られる。が、希望したわけでもないので「ありがた迷惑」以外のなにものでもなく、所詮はお菓子のメーカーの販売戦略に乗せられているだけなのだから、いい加減にやめたらどうかと思う。

ところが、この「義理チョコ」。楽しみにしている人も多いらしく、なかなかやめられないようである。

ある人のエッセイを読んでいたら、バレンタインにたまたま上司にチョコを渡し忘れた人が、翌年に渡すまでさんざんいやがらせをされてしまったなどという話が載っていたが、こういう話を読むと単に「やめてしまえばいい！」とはならないようである。

話は、私のバレンタインに戻るが、今年も例によってチョコが配られたが、チョコレートそのものが好きでない上、本命の女性からでもない単なる「義理チョコ」などもらってもうれしいわけがなく、持て余すだけであったので、職場の後輩にあげることにした。

勤務時間が終わっても一人で残業をしている後輩の席へ行き、こっそりと机の上にチョコを置くと、後輩は「シンジラレナーい」といった表情で私のほうを見たので、すかさず人指し指を口に当てて「シー！」というあのしぐさをした。

それを見た（まじめで純情な）後輩は困惑した表情になった。

以下は、その後の私と後輩のやりとりである。

後輩「まずいですよ！　せっかく○○さん（女子職員の名前）が買ってきてくれたんだから自分で食べなきゃ」

私「構いやしないよ、どうせ義理なんだから。それに△△君（後輩の名前）に食べてもらった方が○○さんも喜ぶよ」

後輩「またそんなことを…。　義理なんですから誰でも一緒ですよ！」

私「じゃあ、いいじゃん！　どうせ義理なら誰が食べたって一緒なんだから△△君が食べればいいいじゃん。ネ、決まり」

後輩「そうですか…。　じゃあ、せっかくですからいただきます。ありがとうございました」

　と言いつつもいまいち納得しかねる表情であった。そこで、
私「バレなきゃいいんだよ、バレなきゃ」

　とトドメの一言を言うと「そうですか…」と苦笑いを浮かべながらチョコを机の引出しにしまっていた。

（繰り返しになるが）同じ職場だというだけで押しつけられたチョコ（失礼）のために、無駄な時間と労力を費やし、挙げ句の果てに（まじめで純情な）後輩に対しては、「バレなきゃ（多少のことは）何をしても構わない」という変な悪知恵をつける結果となってしまった。

　おかげで、今年のバレンタインはいつにも増して後味の悪い思いが残ってしまった印象

がある。

これというのも、すべてあの「義理チョコ」などというつまらぬ風習が原因である。

日本人というのは変なところで平等主義を持ち出す傾向があるが、この「義理チョコ」も平等主義の弊害ではないだろうか。

チョコをもらってうれしい人もいれば、私のようにありがた迷惑以外のなにものでもないという人間もいるのだし、そもそも日本は資本主義の国である以上、平等主義は存在しないのだから「義理チョコ」に関しても受け取る人と受け取らない人がいてもおかしくはないはず。

それにしてもバレンタインは罪作りである。

# 故郷が一番？

先日、前の職場の後任者と話をしていた時のことである。

一通り、近況を話し合ったあとで、話題は都会と地方での生活の違いになったのだが、話の中心は「都会の生活を経験した者にとって、地方の生活は不便が多い」ということである。

現在の職場は埼玉で、ここに来る前は仙台に勤務していたのだが、地方の生活は馴染めなかった印象が強い（もっとも三年間しかいなかったが）。

私は、生まれてから就職するまでずっと横浜で育ったので、どちらかと言えば都会育ちの部類に入る。

二十年以上都会育ちを経験した人間にとっての地方での生活は、退屈で不便なことが多かった。

じゃあ、何がそんなに不便で退屈なのかというとまず、交通機関がないのである。東京近郊は、ＪＲ、私鉄、地下鉄と鉄道網が発達しているし、電車に乗り遅れても二、三分もすればすぐに次の列車が来る。駅からは路線バスが走っていて電車とバスでたいていの目的地へ行くことが可能である。

ところが、地方になると鉄道の路線が少ない上に、本数も一時間に一、二本しかないので、時間を合わせて出掛けないととんでもない目にあうし、帰りは新幹線との接続が悪くいつも二、三十分は待たされるのだが、この間はいつも都会を離れた寂しさに襲われつらい一時であった。

その上、私がいたところは海沿いを走る列車だったため、強風のために運転を見合わせるということもしばしばあった。

これが、もし都会で「ビル風が強いので山手線を運休します」などといったら大混乱になっているだろう。

そして、車窓から見える景色といえば文字通り海と山ばかり。

海と山という光景もたまに見る分にはいいが、毎日だとすぐに飽きてしまい、街中のネオンサインやアイドルタレントの看板が「恋しく」なってくる。

連休などで帰省した時、新幹線の窓外が田んぼからネオンサインに変わった時は、いつも懐かしいような安心したような不思議な気持ちにさせられたものである。

これが、逆に横浜から戻る時は、ネオンサインが田んぼになるといつも憂鬱な気分にさせられた。

次に、不便さを感じるのは美術館やコンサートの回数も限られてしまう点である。

これも、先述したように絵画やクラシック音楽の鑑賞を趣味とする私としては大きな痛手であった。

東京近郊に住んでいれば、あちこちの美術館やデパートで展覧会を開いていて、休みを利用してちょくちょく見にいくことが可能だが、地方になると美術館が一、二カ所しかない。その上、東京近郊の美術館でよく開かれる外国の美術館の展示作品を日本で公開するような企画はまずない。

それでも、美術展は一定期間の間に足を運べば見ることができたので、連休などで帰省した時を利用して行くことが可能だった。

ところが、コンサートとなると指定された日時に行かなければならないので、帰省した時に都合良く自分の聞きたい曲目を演奏しているとは限らない。

特に、私はクラシック音楽ならば何でも良いというわけではなく、チャイコフスキーかモーツアルトしか聴かなかったので、なおさら行く機会が限られてしまい、おかげで三年の間一度も行くことができなかった。

埼玉に戻ってきて三年ぶりにコンサート会場へ足を運び、生演奏を耳にした時は感動のあまり、涙が出そうになった（決して大げさに言っているのではない）。

仙台で三年間生活したことによって、あの「木綿のハンカチーフ」の中に登場する都会の絵の具に染まってしまい、故郷で自分を信じて待ってくれている恋人を捨ててしまうという「彼」の気持ちが少しはわかったような気がした。

ここまで読んだ方が、地方の出身の人だったら「勝手なことばかり言うな！　三年かそこら住んだだけで地方の良さがわかるわけないだろう！」と思うだろうし、その人たちの意見はここまで書いてきたことと全く逆の内容となるだろう。

結局のところ、都会が良いか地方が良いかというのは、東京の人が「関西弁は下品だ」というのに対し、関西の人は「東京弁はきどっている」というのと同じで、自分が生まれ育った場所が一番であり、「住めば都」とはならなかったということを身をもって体験した三年間であった。

# 便利と不便は紙一重？

夏休みに実家へ帰省した際に、ワープロで原稿を作成していた時のことである。突然、家中の電気が消えてしまった。なんと、電気の使いすぎでブレーカーが下りてしまったのである。

こうなると、心配なのが作成中の原稿であるわけだが、〝復旧〟した時にはもののみごとにきれいになくなっていた。つまり、振り出しに戻されてしまったのである。

これが、最初の一、二行ならまだいいが、既に半分以上書いていてこれからヤマ場を迎えるという時だったのでショックは大きく、締め切りがあるわけではないからと思い、その日は原稿の作成をあきらめた。

ここまで読んで、「ワープロなら、バックアップ機能があるではないか」と思われた方もいるかもしれない。

確かに、私が使用しているワープロにもバックアップ機能はあるのだが、普段は使用しないために、コードを接続してなく、電池が消耗して機能していない状態だった。

まあ今回は書き下ろしなので、例によって「締め切り」がないからいいようなものの、締め切りが迫っていて大急ぎで原稿を作成している最中だったなんていったら、それこそ「泣きっ面にハチ」である。

それにしても、こういうことがあると「いかに我々の日常生活は電気に頼っているか」ということを痛感させられる。

私は、普段、原稿の作成にあたっては主として夜に行い、手書きではなくいつもワープロを使用している。

ということは、長時間の停電が発生したら確実にアウトとなってしまう。

それでも、原稿の作成だけならば、懐中電灯の明かりを便りに原稿用紙に手書きでという非常手段もとれるが、できあがり次第、ファックスやメールなどで送信しようと思ってもそれもできない。

それならばと、この非常事態を出版社の人に連絡をしようにも電話はつながらない。

もっとも、私の場合は物書きとして、そこまで仕事の依頼が来るようになったわけではないので、このような心配はまだまだ先のことであるわけだが、今回の一件を契機にふとこんなことを考えてしまった。

現在のところ、私が原稿を作成する上で心配なことは、電気そのものではなく、ワープロやフロッピーに関するトラブルである。

先に書いたように、原稿の作成はワープロで行っているわけだが、ワープロでの作成でこわいのは、本体やフロッピーに不具合が生じて文書が保存されていなかったり、呼び出しが不可能となった場合である。

特に、フロッピーに不具合が生じて保存文書が全滅などというような場合は、最悪の状況となる。

何せ、それまでこつこつと書き上げてきた原稿がすべてパーになるばかりでなく、その間何もしなかったのと同じ状態になってしまう。

そうなった時のために、書き上げた時点ですぐにプリントアウトしておけば良いのかもしれないが、毎回プリントアウトしていると、枚数が増えるに従って置き場所にも困る(ただでさえ狭い部屋なので)し、あとで修正の必要が生じた時に何回もプリントアウトしなければならない。その分、感熱紙も余分に使用することになって不経済である。

その点、フロッピーならば一枚で大量の文書を保存できて便利なので、不具合が生じるという可能性を考慮してもこの便利さは捨てられない。そのため、予備のフロッピーを用意して〝非常事態〟に備えている。

今のところ、このような〝非常事態〟は起きることなく済んではいるが、最初に書いたような〝作成中の停電〟などで、文章が一瞬にして消えてしまうようなことがあることを考えると、手書きの方が良いのかな？　とも思う。

しかし、手書きだと自分の字がそのまま表れるので、人によって読みづらいだろうし、私の場合、加筆や訂正、削除などは日常茶飯事なので手書きだと面倒な上、わかりにくくなってしまうのである。

そう考えると、手書きよりもワープロの方がリスクを差し引いても好都合なのであるが、その「便利さ」も電気があるからこそであり、まさに「便利と不便は紙一重なんだなあ」と感じた今回の出来事であった。

# 感謝すべき人？

私は、ファミレスが好きで、友人などとの会食の際によく利用している。ファミレスと言えば、一昔前まではハンバーグや海老フライ、スパゲティといった、いわゆる〝子どもの喜びそうなメニュー〟の店しかなかったが、最近では、和洋中のほかにイタリアンの店などもあり、どこも「お手頃価格」で気軽に利用できるので、安月給の私にとっては、非常に便利な存在である。

これらの店のサービスと言えば、一般的には「マニュアル」による画一的なものをイメージしてしまうが、そこは人間の行うこと、「マニュアル主義」の中にもそれぞれの店の特徴が表れている。

先日も友人と二人で、とある洋食系のファミレスで食事をしたのだが、〝なかなか面白い〟ウエーター氏に出会った。

たまたま、店に入った時に応対に出てきたのが、このウエーター氏であったのだが、最初に座席に案内するまでは良かった。

ところが、お冷とおしぼり、メニューを持ってくると「ご注文が決まった頃に、また伺います」と言い残し、我々の席を後にしたのだが、いつまでたっても注文を取りに来る気配がない。

仕方がないので、誰でも良いからつかまえようと思い、待っていたら偶然にも、さっきのウエーター氏が通りかかった。

このウエーター氏、私の注文を受け、メニューの品名をあのテレビのリモコンのような機械に打ち込む段になると、場所がわからないのか機械を覗き込み、指をさしたまま動かなくなってしまった。

どうなることやらと思いながら、二人で様子を見ていると、ついには「えーと、えーと」を連発した挙げ句、「どれだっけ?」などと言い出す始末。

これには、友人と二人でズッコけてしまった。

それでも、どうにかこうにか入力が終わり、注文を復唱するところまで〝こぎつけた〟のだが、今度はかんじんの復唱が満足にできないのである。

聞いているうちに不安になった私は、思わず「復唱」してしまった（さかさまじゃないか！）。

これが、どう見てもアルバイトの女子高生にしか見えないような子だったら、「かわいいねえ」で済むところ（？）だが、相手は三十代後半から四十代半ばではないかと思われる男である。

実際、どの程度のキャリアの持ち主なのかは知らないが、一般的なイメージから想像すれば、「それなりの地位にいるのでは？」と思えるようなところである。

仮に百歩譲って、人間だから歳をとれば忘れてしまうことがあるにしても、客の目の前で「どれだっけ？」はないだろうと言いたくなるところである。

ところが、このウエーター氏のお粗末な応対ぶりは、これだけにとどまらないのである。その後、料理のお皿の上げ下げは、別のウエートレスの人たちがやってくれたのだが、こちらはどの人も料理を出す時は料理の名前を言い、皿を下げる時は「空いてるお皿をお下げしてもよろしいですか？」と断りを入れるなどきちんとした応対ぶりであった。

ウエートレスの人たちのきちんとした応対ぶりに気分を持ち直した我々は、席を立つ前にテーブルの上にアンケート用紙があったので、書くことにした。

私は、このようなアンケート用紙がある場合は、「これを書くことによって、従業員の人たちの励みになれば」と思い、なるべく好意的な回答を心がけている。

ところが、いざ、書こうとしたら備え付けのボールペンのインクが出ないのである。「店の都合でアンケートに答えてもらうのならば、開店前の準備の時にでもインクが出るかどうかくらいは確認できるはずではないか！」とも思ったのだが、出ないものは仕方がない。我々はあきらめて店を出ることにした。

さて、レジで支払いをしようとしたら、応対に出てきたのが、またまた偶然にもくだんのウエーター氏であった。

さっきの件もあったので、支払いをしながら「アンケートに記入しようと思ったのだがボールペンのインクが出なくて書けなかった」と言ってやった。

私からのクレーム（？）に対し、ウエーター氏の回答はというと開口一番、「そうですか」とまるで他人事のような応対ぶり。

これには、さすがの私もあきれて黙ってしまったのだが、少し経ってから「かしこまりました」という返事。

もう、それ以上は何も言う気になれなかった。

確かに、ウエーター氏個人としては、直接自分には関係ないことかもしれない。だが、(恩着せがましいようだが)こっちは親切心で言っているのだから、とりあえずは「申し訳ありませんでした。早速、交換いたします」くらいの応対があってもいいのではないかと感じてしまう。

このことを帰りの車のなかで友人に話すと、「さっきの『どれだっけ?』といい、全くふざけた店員だよなあ」と呆れ顔。

そのあとも、「どっかの会社をリストラされて最近入ったんじゃない?」だの、「せめて名札に『研修中』とか、『見習い社員』とか書いてあれば、まだ同情の余地があるのになあ」などと好き勝手な想像を言った挙げ句、「意外と、『あんたじゃ話にならん。店長を出せ!』とか言ったら、けろりとして『私が店長です』って答えるんじゃない」と言いながら二人で大笑いして家路についたのだった。

余談だが、この日は金曜日の夜だったけど、この時点で私はまだ、明日書く予定のエッセイの内容が決まらず、どうしようかと思っていたところだった。だが、ウエーター氏のおかげ(?)でこうして今週も無事に書き上げることができた。

友人と二人で大笑いさせてもらった上に、エッセイのネタまで提供してもらえ、そういう意味では「感謝すべき人」なのかもしれない。

# ごゆっくりどうぞ

スーパーなどで買い物をしていると、よく店員さんが「ごゆっくりどうぞ」と声をかけながら自分はせわしなく店内を駆け回ったり、客のそばで忙しそうに商品の出し入れや在庫状況のチェックなどを行っている光景に出会う。

このような光景を目にするたびに私は、「本当にそう思うなら黙っていろ！」と思ってしまう。

買い物をする側の心理としては、品物を選ぶ時というのは「買い忘れがないよう」にとか、「明日の献立は何にしようか」といったことや、財布の中身など、同時にいろいろ考えながら行っているので、むやみに声をかけないでほしいというのが人情である。

ましてや、先に書いたように口では「ごゆっくりどうぞ」と言いながら実際には忙しそうに動き回られては、まるで「邪魔だから早く立ち去れ」というようにもとれる。

何も客のいる前で仕事をするなと言っているのではない。スーパーにはスーパーの事情というものがあるだろう。

ただ、客に声をかければサービスになるというのではなく、黙っていたほうが良い場合もあるということである。

「ごゆっくりどうぞ」と言えばこんな話もあった。

友人とファミレスに行った時のことである。

そこは洋食の店だったので、友人と私はそれぞれハンバーグとステーキのセット（スープとサラダにライスまたはパンとドリンクがついてくる）とデザートを注文し、食後にドリンクとデザートを持ってきてもらうことにした。

注文してから間もなく、サラダとスープが運ばれてきたので食べ始めたのだが、二人ともまだ食べ終わらないうちにハンバーグとステーキが運ばれてきた。

冷めないうちに食べなければまずくなるからと残っていたサラダを急いで食べ、ハンバーグとステーキを食べ始めた。

すると、今度は「食後に」頼んだはずのドリンクが、まだ三分の二程度しか食べ終わっていない時点で出てきたのである。

私は、「あれ、食後と言ったはずなのに？」と思ったが、とりあえず黙っていた。

しかし、それから間もなくデザートが運ばれてきたのにはあきれてしまった。

この時点では、まだ二人ともハンバーグとステーキを食べ終わっていなかったし、友人はデザートにアイスクリームを注文したので、早く食べなければ溶けてまずくなってしまう。これが、店内が満席で、席を空くのを待っているお客さんがあふれているといった状況ならばわからなくもない。だが、その日は平日で全般に空席が目立っていたのである。

店員さんは、皿を上げ下げするたびに「ごゆっくりどうぞ」と言ってはくれるが、実際の行動を見ていると「さっさと食べて帰りやがれ！」という〝無言の圧力〟をかけられているようにもとれる。

この店はチェーン店なので恐らく、「マニュアル」に従って行っているだけなのだろうが、客の食べるペースに店側が合わせるのがスジであり、客の方が店のペースに合わせるというのでは本末転倒もいいところである（結婚披露宴じゃないんだから！）。

私は、似たような店を何箇所か知っているが、どの店も「食後に」と言えば客が食べ終わるまで待っていてくれる店ばかりで、このような店は初めてであった。

あまりにも腹立たしかったので、「お客様アンケート」に書いてやろうと思ったのだが、この店にはそのようなものは置いていない。

こういう店に限ってアンケートというのは実施していないのであるが、裏を返せば、だからこそ、このような口では「ごゆっくり」などと言いながら、実際には客を無視して自分たちのペースで事を運ぶことができるのだろう。

「お客様アンケート」を実施している店というのは、客の側から見て「また来たいな」と思わせる店が多いが、アンケートの結果を元にそれをどのように店づくりに反映させるかと常に努力をしているのだろう。

一方、私が今回入ったような店は、客が自分の店に対してどのような印象を受けたかということにまるで関心がないように思われる。

アンケートが置いてあれば、入った時点では気にしてなくても、改めてその店について注意して見るようになるし、率直な意見を気軽に書くことができる。

だが、アンケートがなければそんなに注意は払わないし、面と向かって苦情を言うのも気がひける。それ以前に気に入らなければ二度と来なければ良いだけの話である。

別に客の言いなりになれば良いというものでもないが、客のことを無視した「的はずれなサービス」だけはやめてほしいものだと思う。

しかし、一方ではこのようなうるさい客をいかに満足させるかと、日々努力している店の従業員の人たちも大変だなあと同情してしまう私であった。

# 平日に行こう！

週末を利用して実家へ帰った時のことである。

今回は、仕事に余裕のある時期で休暇をつけたため、いつもより長い休み（といっても一日だけですけどね）だったので、せっかくだからどこかへ出かけようと考えていたら、まだ今年になってお参りに行っていないことに気がついた。

というのも、私は二十代になってからお参りは平日または時期外れ（つまり正月以外）の休日に行くことにしているからである。

子どもの頃は、父親に連れられて毎年正月になると川崎大師に初詣でに行っていた。

だが、ご存じの方も多いかと思うが、あそこは参拝者の多さが全国でも二、三番目に該当するというほどの場所である。

従って正月には駅から本堂まで、まるで「デモ行進」のような行列が続いていて、なかなか前に進めない。その上、敷地内に入ってからは警察官が場内整理を行っており、途中何度も足止めを食ってしまう。

そんな思いをしながらようやく本堂の前に来ても大人の背中ばかりで、賽銭箱なんて見えたためしもなく、背伸びをしながら手榴弾でも投げるようにして、賽銭箱へ向かって賽銭を投げるのである。

子どもの頃は「お参りとはそういうものなのだ」と思っていたし、そのうちになんとなく「正月イコール川崎大師」みたいな図式ができてきて習慣として続いていた。

だが、だんだん「なにも混雑する時期にわざわざ来なくても、平日に来れば空いてて楽じゃないか！」と思うようになり、正月にこだわらず平日に行くことにした。

浅草の浅草寺だって、観光がてら一年中お参りしている人がいるのだから、川崎大師だって例外ではないはずである。

そんなきっかけで行き始めた「平日の初詣で（とは言わないのかな？）」だが、私にとっては最高であり、一度行ったら「もう正月には行きたくない！」と思えるほどである。

では、何がそんなにいいかというとまず人がいないのである。

正月のあの「デモ行進」はかげも形もなく、駅から本堂まで楽に歩いていける。

正月には屋台がずらりと軒を連ねる沿道も普段の顔を取り戻しており、いままで商店街にどんな店があるのかもさえ知らなかったのだが、それらを確かめながら歩いていく。本堂に近づくと、テレビでもお馴染みのせき止め飴の店からまな板をたたく音が聞こえてくる。

子どもの頃は正月だけのサービスだと思っていたので、平日にもやっているのは意外だったが、人通りに比例して正月の時のような活気は感じられなかった。

敷地内に入ってからも足止めを食うことなくなんなく進めるし、子どもの頃あれほど見えなかった賽銭箱も外から見えるほどである。

押すな、押すなで揉みくちゃにされることなく、ゆっくりとお参りをすることができるし、お守りを買いたいと思えばすぐに買える。帰りも一方通行で遠回りさせられることもなく、来た道をそのまま帰ることができる。

久寿餅（川崎大師の名物で、何を隠そう私はこれが好きで毎回買っている）も待たずに買うことができる。

このように人込みの嫌いな私にとってはいいことずくめであり、こんなことならもっと早く「平日の初詣で」を実施するべきであったと思ってしまったほどである。

この話を毎年正月に初詣でへ行っている父親に話したところ、「あの人込みの中をお参りするのがいいんだ」とあえなく却下されてしまった。

それにしても、通勤ラッシュは誰もがいやがるのに、同じような混雑の「正月の初詣で」にはどうして率先して行くのだろうか。

結局のところは、好きだから苦にならないということなのだろうかとも思うのだが、本当のところはわからないままである。

まあ、理由は何であれお参りに行く人間の大半が、私の父親と同じような考え方の人であるおかげで、私はラッシュを避ける時差出勤のごとく、ゆったりとお参りを楽しむことができるので結構なことである。

ところで、この「平日の初詣で」にも残念な点が一つある。

それは何かというと、周りは年寄りばかりで「晴れ着姿のおねえさん」がいないことであるのだが、平日に晴れ着でお参りする人がいたらかえって気味が悪いかなあとも思いながら「平日の初詣で」を続ける私であった。

# デブと借金

突然ですが、皆さんは日常生活の中で「こういうふうにはなりたくない！」とか、「これだけはいやだ！」ということはありませんか？

私の場合は、これにあてはまるのが「太ること」と「借金」である。

なぜ、そんなに「太ること」と「借金」が嫌いかというと、この二つは「自己管理ができない」ことの証明のような気がするからである。

しかも、自分が苦しむばかりでなく、他人にも迷惑がかかるのである（ここが、「自己管理ができない」と思う根拠）。

ここで、いつもの私なら「人が太っていたり、借金をする分には勝手だが…」と続くところであるが、今回はちょっと趣向を変えて（？）〝他人事〟にこだわってみたいと思う。

と言うのも、借金をしている人には、まだ直接には迷惑を被っていないが、太っている人間には、たびたび迷惑を被っているからである。

先日も、例によって女子プロレスの観戦に行ってきたのだが、自分の席の両隣が小太りの人間で非常に不愉快な思いをさせられた。

では、なにがそんなに不愉快だったかというとまず、座席が窮屈なのである。

外国人（特に白人に多い）のように、程度なしに太っているというわけではなく、小太りといった程度ではあったが、両方の席で椅子から体がはみ出しており、その分こちらは窮屈なのである。その上、圧迫感まで感じられるし、あの太った人間特有（？）の熱気も伝わってきて暑苦しい。

さらに、自分の前に座られた時などはさらに悲惨である。

女子プロレスのファンには、（私の知りうる範囲では）なぜか小太りの人間が多い。しかも、このタイプの人間はどういうわけか、座高が高く、顔（頭）がデカいので、まるで巨大な雪だるまを置かれたような状況になる。

このような人間が目の前に座ると、当然のことながら、後ろの人間としては「ジャマ」の一言に尽きる。

このようなことは、電車やバスに乗った時にもあてはまる。

ラッシュの混雑した車内（特に真夏！）で、自分の側に一・五人分のスペースを占有していそうな太った人間がいるとそれだけで暑苦しくて不愉快な気分になる。

まあ、なかにはお相撲さんのように仕事柄、太ることを要求されたり、病気の治療のために薬の副作用などで太ってしまうという人もいるだろう。

だが、そのような人はごく一部の人だけなはずであり、大半の人は「自己管理」ができていないだけの話である。

ここまで読んで「自分もあてはまるなあ」と思われた方は、自分の体型が周りに与える影響というものをよーく考えてみてください。

さて、他人のことはこのへんで終わりにして、今度は太っていることが、自分自身に対してどのようなリスクを与えるかということを考えたいと思う。

まず、太っていると不経済である。

もちろん、一口に「太っている」といっても程度により差はあるが、一般的には洋服などを買おうとすると既製品ではサイズが合わずに「特注品」となる。

そうなると、手間ばかりでなく生地も余分に使うため、その分料金に反映され、高い買い物となってしまう。

さらに、やせようと思っても、自分一人の力では無理な状態までに達してしまうと病院やエステのような専門の機関へ行かなければならない。

そうすると、また余計なお金がかかるばかりでなく、余計な時間までかかってしまう。その上、体が重い分動きにくいので、余計に運動をしなくなるからますます太ってしまい、やせている人よりも病気になる確率も高い。

このように太っているとあまりいいことがないというのが、私の考えである（太っている人からすれば、それなりの良さもあるのかもしれないが）。

次に、借金（カード）はどうかというと、住宅や車などの高額な買い物のローンは別として、日常の買い物にはカードなどを使わないというのが私の主義である。

よく、「カードを使えば何パーセント引きで買える」とか、「現金がなくても買い物ができるから便利だ」といったことを耳にする。

しかし、いくら「何パーセント引きで買える」といっても、結局は入会金や年間維持費といった名目でいくらかのお金を払わなければならない（でなければカード会社だって倒産してしまう）し、「現金もないのに買い物」をすれば引き落としの時期に予定外の出費に泣くハメになる。

しかも、それらの払いには下手をすれば、支払い遅延のために利息を払うことになる場合だってあるだろう。

カード会社などの関係者の方には申し訳ないが、この利息こそ、払う側にしてみれば余計な出費以外のなにものでもない。

おまけに、自分のカードを誰かに悪用されようものなら、全くの赤の他人に物を買ってやるようなもので、まさに「泣きっ面にハチ」である。

その点、現金で買い物をすれば、自分の持っている範囲内で買い物をすれば良いだけの話なので、先に書いたような支払いや利息で苦労することはない。それに、現金がなければ買うことができないので、カードに比べて〝衝動買い〟をする確率も低いはずである。

そうすれば、買うまでの間、自分にとって本当に必要かどうかということを考えることもできるので、〝衝動買い〟をして後悔することも少ない。

しかも、現金で購入する場合はその場で支払うから、「保証人」は必要ない。

カードだと、人によっては「保証人」をつけることを求められる場合もあるが、このことが後々トラブルに発展することも少なくない。

このように考えていくと、「デブ」と「借金」というのは、「ハイリスク、ローリターンである」というのが私の考えなので、最初に書いた「これだけは…」となるのだった。

# ストレスは万病のもと

十一月の連休（平成十二年）明け早々、風邪をひいてしまった。

どうやら連休中、美術館へ行ったり実家へ帰省したりして、気分が良かったところへ週明けと同時にいつもの〝暗く、重い日常〟という現実に戻されたことによって生じたストレスが原因のようだ。

現在の職場は人間関係が極めて良くないため、毎日、職場にいるだけで商〇ローンの利息のごとく（?）多大なストレスがたまる。

おかげで、この二週間ほど家で寝込んだり、会社へ出勤しても夜になるとグッタリという状態が続き、すっかり予定が狂ってしまった。

ちなみに、この原稿も当初の予定より一週間遅れで書いている。

風邪といえば、よく、「安静にしているのが一番」というようなことが言われるが、サラリーマンにとってこれほど難しいことはなく、風邪というのは非常に厄介な存在である。

どういうことかというと、風邪というのは誰でもかかる可能性がある上、「流行性感冒のため〇日間の安静が必要」とか、「急性気管支炎のため〇日間の自宅療養が必要」などとお医者さんに診断書を書いてもらうほどの重病ではない。

そのため、風邪をひいてしまったサラリーマンの対応策としては、「早めに休んで〝ある程度〟直してから出勤する」か、「高熱にうなされたり、咳き込みながら出勤して〝私は風邪をひいてますが、我慢して出勤しています〟」と体を張ったアピール（?）をするかのどちらかだろう。

恐らく、大半の人が後者に該当するのだろうが、私はある程度までは出勤して、咳が出始めたりしたら早めに休むようにしている。なぜかというと私は、日頃から「担当者の代わりはいくらでもいるが、自分自身の代わりは誰もいない」と思っているからである。

中小企業のワンマン社長ならいざ知らず、大企業や官公庁など一人や二人欠けたってなんとでもなるし、自分が死んだって組織と仕事は残るのである。

それに、無理をして出勤すれば、「無理して出てきやがって、俺たちにうつったらどうするんだ」と言われるし、休んだら休んだで、「風邪くらいで休みやがって」と言われるハメになる。

だったら、休んで家にいたほうが自分のためだし、何より私の場合は職場で受ける〝ストレス〟が最大の原因なので、登校拒否の子どもではないが、出勤すれば悪化することはあっても良くなることは期待できない。

しかし、いくら休みを取るといっても学校ではないので、いつまでも休むわけにはいかないから、せいぜい一日〜二日で出勤しなければならなくなるが、この時ほどつらいものはない。

(繰り返しになるが)、最大の原因は職場で受ける〝ストレス〟なのだから、出勤すればそれだけ体の免疫機能は低下し、治りも遅くなる。その上、上司ら(特に五十代以上に多い)は、「周囲に菌をまきちらすな」だの「体力がないから風邪をひきやすいし、治りも遅いんだ」などと神経を逆撫でするようなことを平気で言ってくる。

「冗談じゃない。原因はお前らなんだよ!」と啖呵の一つも切りたくなるが、このような人種を相手にまともに闘ったところでお話にならない。

何せ、現在、五十代から上の世代というのは、「自分の考えが正しく、若い者は経験がないから自分の考えなどもっていない」といったふうに勝手に決めつけて、話を聞こうとしないし、精神論的な思想の持ち主が多い。

一方、私のスタンスは「人それぞれ」。つまり、人はそれぞれ考え方が異なるということを認識した上で、対応するべきだと思っている。

要するに、お互い明後日の方向を向いて生きているので、このような人間同士が議論を闘わせても、「織田信長とウルトラマンはどちらが強いか？」と議論をするようなものであり、議論そのものが成立しない。

それにしてもこの〝ストレス〟、誰も頼みもしないのに勝手にたまってはいろいろな病気を引き起こす原因となり、治りにくい原因にもなるというまさに「万病のもと」である。私も、〝ストレス〟が原因で今回の風邪ばかりでなく、胃の調子が悪くなったり会社へ出勤するのが憂鬱になったりという目にあっている。

では、〝ストレス〟が全くなければ健康な日々を送れるかというとそうでもなく、ボケてしまったり老化を促進したりという弊害が生じるらしい。

結局のところ、現代社会を生きる我々はいかにして、この〝ストレス〟をため込まないよう、失わないよう生きるかが長生きの秘訣につながるようである。

# おかめの経済効果⁉

新聞やテレビを見ていると「〇〇の経済効果」などといった内容を目にする。プロ野球の日本シリーズやオリンピックなどのイベントが、人々の消費行動などを通じてどの程度、経済的な効果があるかを横浜総研などといったような名前の民間のシンクタンクなどが計算するものである。

このような内容を目にするたびに、算数も満足にできない私としては、「こんな何億円という数字を算出できるなんてすごい人たち（そりゃあ、日本全国の大学から優秀な人間を集めているのだろうから当然とも言えるが）だなあ」と思う一方で、「〝ウン十億円の経済効果〟などと言われても、それが自分の懐に入るわけでもないし、日本経済全体にどの程度の効果があるかということは、素人には非常にわかりにくいなあ」とも思ってしまう（私だけだろうか？）。

それに、この〝経済効果〟。イベントが始まるまでは、さんざん効果を強調しておきながら、イベントが終わってしまうとそのことには全くと言っていいほどふれなくなり、結局、その数値が正しいのかどうかはいつもわからずじまいという印象を受ける。

もっとも、日本のマスコミというのは、一般的に脱サラしてお店を開くところまでを番組として放送しても、その後潰れましたとは放送しないようなところが大半だから当然ともとれるけど。

といったことを考えているうちに、ふとある「経済効果」の指標を思いついた。

何の経済効果かというと「おかめの経済効果」ということである。

どういうことかというと、「世の中の俗に言う〝おかめ〟(細部は省略)が日本の消費拡大に多大な貢献をしているのではないか?」ということである。

断っておくが、先にも書いたように私は算数も満足にできない人間なので、具体的な数字は出てこない(というか算出など不可能である)し、これから書くこともあくまで個人的な意見にすぎない。

さて、そろそろ本題に入らせていただくが、世の中、数多くの人間が存在していても、何もしないで人々の注目を集めることができる「美人」の部類に該当する人はごく一部の人にすぎない。

ということは、大多数の人は当然のことながら（残念ながら？）「おかめ」の部類に該当する人たちである。そうなると「おかめ」の部類の人たちには、「キレイに見せるための努力」というものが求められる。

だが、言うのは簡単だが、実際には自分ひとりでできることなどたかが知れているので、必然的に化粧品やエステなどに頼るようになる。

ここが、私の言う「おかめの経済効果」なのである。

私は、男なので化粧をしたことはない（近頃は男性化粧品なるものが出回っているが、無駄な努力はしたくないので）から、詳しいことはわからないが、キレイに見せようと思えば元の自分を隠す（？）ことが求められる。

そのためには、それ相応の化粧品をそろえる必要があるだろうし、化粧品とてほかの商品と同様、お金をかけなければ期待どおりの効果を得ることはできないだろう。

また、お化粧だけでごまかすことができなければ、エステなどの専門の機関へ行くようになるだろうし、中には美容整形の門をたたく人もいるだろう。

しかも、化粧にしろ、エステにしろ年齢を重ねるとともに効果がなくなってくる（？）

恐縮ですが
切手を貼っ
てお出しく
ださい

112-0004

東京都文京区
後楽2－23－12
(株) 文芸社
ご愛読者カード係行

| | | | |
|---|---|---|---|
| 書　名 | | | |
| お買上<br>書店名 | 都道<br>府県　　市区<br>郡　　書店 | | |
| ふりがな<br>お名前 | | 明治<br>大正<br>昭和　年生　歳 | |
| ふりがな<br>ご住所 | □□□-□□□□ | 性別<br>男・女 | |
| お電話<br>番　号 | （ブックサービスの際、必要） | ご職業 | |

お買い求めの動機
1. 書店店頭で見て　2. 小社の目録を見て　3. 人にすすめられて
4. 新聞広告、雑誌記事、書評を見て（新聞、雑誌名　　　）

上の質問に1.と答えられた方の直接的な動機
1. タイトルにひかれた　2. 著者　3. 目次　4. カバーデザイン　5. 帯　6. その他

| | |
|---|---|
| ご講読新聞　　新聞 | ご講読雑誌 |

文芸社の本をお買い求めいただきありがとうございます。

この愛読者カードは今後の小社出版の企画およびイベント等の資料として役立たせていただきます。

| |
|---|
| 本書についてのご意見、ご感想をお聞かせ下さい。<br>① 内容について<br><br><br>② カバー、タイトル、編集について |
| 今後、出版する上でとりあげてほしいテーマを挙げて下さい。 |
| 最近読んでおもしろかった本をお聞かせ下さい。 |
| お客様の研究成果やお考えを出版してみたいというお気持ちはありますか。<br>ある　　ない　　内容・テーマ（　　　　　　） |
| 「ある」場合、小社の担当者から出版のご案内が必要ですか。<br>希望する　　希望しない |

ご協力ありがとうございました。


〈ブックサービスのご案内〉

小社では、書籍の直接販売を料金着払いの宅急便サービスにて承っております。ご購入希望がございましたら下の欄に書名と冊数をお書きの上ご返送下さい。（送料1回380円）

| ご注文書名 | 冊数 | ご注文書名 | 冊数 |
|---|---|---|---|
| | 冊 | | 冊 |
| | 冊 | | 冊 |

ため、それに従って化粧品は種類や使用量が増加し、エステなどは通う回数が増えるだろう。化粧品の量やエステに通う回数が増えるということは、当然のことながらお金がかかることを意味する。

要するに、世の中の大多数の人が「おかめ」の部類に属するために、全国で大量の化粧品が売れるし、エステなどへ大勢の人が押しかけることが、消費拡大という形で経済へ影響が及ぶのではないかというのが私の考えである。

仮に、世の中、せいぜい薄化粧で済むような美人ぞろいだったら、化粧品やエステなどによる（経済的な）効果はほとんど期待できないだろう。

そう考えると、「おかめ」が経済を支えているんだなあと思うとともに、美人が少ないというのも、それなりに理由があってのことなのだと変に納得してしまった。

ところで、ここまでお読みいただいた方が、もし、女性の方だったら「何よこれ、アタシのことを言ってるの！」などと感じた方もいるかもしれませんが、それは大きな誤解です。先にも書いたように、この話はあくまでも個人的な意見にすぎませんし、この本をお読みいただいている方は皆さん、〝少数派（つまり美人の部類）〟に属する方ばかりだと信じています。念のため。

# 人間万事塞翁が馬

週末に電車で実家へ帰ろうとした時のことである。

駅のホームに電車が止まっていたので、駆け足で階段を降りて行ったのだが、健闘もむなしく（?）列車の扉は目の前で閉まり、私を残して出発してしまった。

こういう時というのは非常に腹立たしく感じるものであり、この時の私もそうであったが、電車を見送りながらハッとした。

「レンタルビデオを返却するのを忘れていた！」

現在、住んでいるところから駅へ行く途中にレンタルビデオの店があり、先週の土曜日に一週間レンタルで借りたビデオを返してから実家へ帰ろうと思っていたのだが、歳をとって物忘れが進行しつつある私はすっかり忘れていたのである。

このまま実家へ帰ったとすると返却するのは早くて日曜日。ということは確実に延滞料金がかかってしまう。

まあ、それでも延滞料金は三百円程度だし、社会人の私にとってはそんなに大変な金額でもないからいいかなと思ったのだが、今回は二本借りている。

ということは、当然のことながら延滞料金も倍の六百円かかる。

しかも、実家に持ち帰ったところで荷物になって邪魔なだけであり、その上六百円も払うのはバカバカしい気がした。

「こうなったら帰るのが少しくらい遅くなってもいいから今日中に返してしまおう」と思ったのだが、すでに切符を買って改札を通っているのに、果たして外へ出ることは可能だろうか？

ふと心配になったが、とりあえず駅の人に事情を話してみようと思い、改札に向かった。

改札口の駅員さんに「切符を買って中へ入ってしまったが、駅の外へ用事を思い出したので出させてほしい」と話したところ、「どうぞ」とあっさり出させてくれた。

おかげで、私はレンタルビデオを無事、期限内に返却することができた。

レンタルビデオといえばこんな話もあった。

この時よりも前にビデオを借りた時のことである。

店の外でなにやらキャンペーンをやっており、三角クジが無料で引けるというので一枚引いたところ、クジを開いた係の若いお兄ちゃんがやたらとおおげさに驚いた顔をして「すごい、一等賞ですよ！」と言う。

かんじんの商品は何かというと、「スカパー」の設備一式を無料で設置してくれるというものであった。

普段、テレビなどほとんど見ない私としては、たいして価値のある代物ではなかったので「必要ないからほかの人に譲る」と一度は断った。

しかし、敵も商売なので「いま契約すれば工事費は無料だ」とか「地上波では見られない番組がたくさん見られる」などとしつこく食い下がってくる。

そのうちに、「そういえば、スカパーでは昔の特撮番組やアニメも放送していたなあ」と思い、月々三千円程度ならいいかなと思い、ためしに契約してみることにした（なんと、このために家まで印鑑や免許証などを取りに行かされた）。

契約書への記入が終わったところで工事について聞いて見ると「二、三日のうちに電話で連絡が行く」とのことであった。

ところが、一週間経っても連絡がなく、どうしたのだろうと思ってはいたが、積極的に希望したわけでもないのでしばらく様子を見ることにした。

何日か経ったある日、家に宅配便が送られてきたのだが、私には送られてくる心当たりはない。どこからだろうと送り主の欄を見ると例の「スカパー」の会社からであった。

なんだろうと封筒を開けてみると、先日私が記入した契約書が中に入っており、同封してある手紙には「記入された電話番号に電話をかけたが、つながらず連絡がとれないので再度、書類を書きなおして何日までに返送してほしい」という内容であった。

どういうことかと思い、書類を見てみると電話番号がカーボンの筆圧の関係か一部違う番号になっていた。連絡がこないのも当然である。

業者の人には悪いとは思ったが、もともと是非とも入りたいと思って契約したわけではないので、いまさら申し込み書類を書き直してまで加入したいとも思わなかったからそのまま放っておくことにした。

おかげで危ういところで「スカパー」に加入せずに済んだ。

ところで、この二つの話に共通するのは「人間何が幸いするかわからない」ということであるが、それにしても「人間万事塞翁が馬」とはよく言ったものだということを実感した出来事であった。

# 憧れているうちが花

美術館へ行った帰りのことである。

連休中で実家へ帰省していたため、新宿から小田急線に乗ろうとしたら、たまたまロマンスカー（知る人ぞ知る小田急線を走る特急列車）に乗る機会があったので久々に乗ることにした。

いざ、乗り込んで座席に着いてからしばらくは、「ロマンスカーに乗るなんて何年ぶりだろうなあ、懐かしいなあ」などと思っていたのだが、列車が発車する頃にはその気持ちはしだいに失せてしまい、そのうち普通列車に乗っている時とあまり変わらない感覚になっていた。

私は、子どもの頃、鉄道に興味があり、年中親に鉄道の本を買ってもらっては夢中で読んでいた。

なかでも、国鉄（当時）よりも私鉄に興味をもっており、各会社ごとのバラエティーに富んだ車両の写真を見ては、「いつかは、これらの特急電車に乗ってみたいなあー」などと思っていた。

特に、小田急線は家の近くを走っていたため、実際に乗ったり、見る機会が多かったがロマンスカーだけは縁がなかった。

どういうことかというと、いつも小田急線を利用する駅の周辺は、ロマンスカーの停車駅がなかったことと運賃とは別に特急料金がかかることがネックとなっていたのである。仮に、親が鉄道マニアだったら、多少お金がかかろうが、遠回りになろうが乗りに連れていってもらうことができただろう。

ところが、私の親は鉄道など全く興味がなく、このようなことを言い出そうものなら「なんで、高い（?）お金を払って、わざわざ遠回りしてまで乗らなきゃならないの?」となってしまうのである（まあ、うちの親に限らず、興味のない人間は誰もこんなものだろうけど）。

それでも、念願かなって、箱根のほうへ旅行に行く時に一、二回利用したことはあるのだが、この時ばかりはなんとも言えない〝優越感〟のような気分に浸ったものである。

何せ、普段は座ることもままならないし、仮に座れたとしても窓に背を向け、前には人が立っていて、座席もすし詰めという状態ばかりである。

ところが、ロマンスカーだと座席は新幹線のような席なので、進行方向を向いて座れるし、座席も一人分のスペースが確保されており、しかもゆったりとしている。そんな座席にリクライニングを倒して座りながら、普段は停車する駅を通過する光景を眺めていると、「ああ、特急列車に乗っているんだなあ」と特別な気分になる。

別に、特急列車などといっても、ちょっと余計にお金さえ出せば誰でも乗ることができるし、それなりのサービスを受けることができるわけであるが、貧乏人にはその〝ちょっと余計に出すお金〟さえ、なかなか工面できないのである（と言うか、単にそんなお金があるのなら、ほかに使ったほうが良いと思うのが人情だろう）。

しかし、子どもにとっては「日頃、写真や駅などで目の前を通過するところしか見ることができない列車に実際に乗ることができる」、このことが大きいのである。

それにしても、子どもの頃、さんざん憧れていたロマンスカー（私鉄の特急電車）であるが、今になってみれば頻繁に乗らなかった（乗れなかった）ほうが良かったのかもしれない。

子どものうちから年中、特急列車に乗っているような生活を送っていたら、それが当然といった感覚で大人になってしまい、社会人になり、都心へ電車通勤なんてことになったら、あの〝痛勤地獄〟とも言われるラッシュの電車など、とてもじゃないが乗れないだろう。そう考えると子どものうちは、あまり良い思いをさせないほうがいいようである。

普通列車に乗っていれば、混雑している時もあれば空いている時もあるから、当然のことながら、座席に座れる時もあれば座れない時もあるだろう。

そうすれば、その時を利用して社会には、公共の場所で守るべきマナーというものがあることを教育するいい機会となる（もっとも、最近の親はそんなことすら気づいていないのではないか、と思いたくなる親が大半であるが）。

特急列車からの車窓を眺めながら、こんなことを思ってしまうなんて、自分も歳をとったなあと感じるとともに、だんだんと子どもの頃の新鮮さが失われてきていることを改めて実感した（〝いつまで経っても中身は子どものまま〟でも困るのだが）。

社会人となり、気軽に特急列車に乗れるようになったが、「憧れているうちが花」のようである。

# これからの高度成長

最近、テレビのCMを見ていると、以前流行したキャラクターが登場したり、人気のあったテレビ番組をもじったりしたものが目立っている。また、番組自体も「懐かしの○○」といったような過去の流行歌のVTRを流したり、以前、評判の良かったドラマを現代風に作り直したり、続編という形で放映するケースが目立つ。

このような番組が放映され始めた当初は、単に不景気だから過去のVTRを流して思い出に浸っていれば制作費も安上がりで済む、という安易な発想だろうくらいにしか考えてはいなかったのだが、過去のキャラクターを引っ張り出してまで、新しいCMを過去の作品のように制作しているところを見るとそうでもないようである。

私も三十歳を過ぎたし、子どもの頃はテレビばかり見ていたので、このような番組を見ると子どもの頃を思い出したりして、懐かしく感じることもあるので嫌いではない。しかし、このような番組やCMばかり放映されていることに関しては、いささか疑問を感じる。

では、何が疑問なのかというと、まず現代の子どもたちがどのように感じるかということである。

「懐かしの○○」とか「思い出の○○」といった番組は、一定の年代より上の人たちにとっては、当時の自分を思い出したりして楽しめるが、子どもたちは（当然のことながら）現在、放送されている内容が思い出となる。

ところが、その〝思い出〟となる番組が、自分の親の世代の人たちが見ていた番組の再放送や作り直しというのでは余りにもさびしい。

別に、「懐かしの○○」とか「思い出の○○」といった番組自体が悪いとは言わない。現に、普段はあまりテレビを見ない生活を送っている私自身がこのテの番組だと、ついチャンネルを合わせてしまっているくらいなのだから。

しかし、このような番組ばかり見て育った子どもたちが大人になった時に、「子どもの頃は親が昔見ていた番組の再放送や作り直しばかりだった」と語られるようになり、「あの頃は過去の思い出ばかりに浸っていた」となるし、当時の文化や時代背景といったこともわかりにくい。

テレビの利点といえば、映像という形でその時代の歴史や文化などを後々まで保存ができるということである。

ところが、最近ではその利点を後に伝えようというのではなく、過去の遺産（？）で食いつないで行こうという形で利用しているような印象を受ける。

まあ、なんだかんだ言ってもテレビ局とて民間企業に変わりはない。ということは倒産の可能性というのは当然のことながらあるのだから、視聴率を第一に考えて番組を制作せざるをえないだろうし、過去のVTRを流して視聴率がとれるのであれば、安上がりでこんなに結構なことはないだろう。

ここまで、テレビ局のことをいろいろと書いてきたが、このような現状の原因は何もテレビ局ばかりが悪いわけではなく、我々視聴者にも原因はある。

「過去のVTRを流して視聴率がとれる」というのは、視聴者がそのような番組を求めている結果であるが、「過去を懐かしむ」ということは、現在がいかに住みにくい世の中であるかということを意味する。

このことは以前にも書いたが、現在の世の中は一見、モノがあふれていて非常に便利な世の中のような印象を受ける。

しかし、我々人間自身は過去と比べて心に余裕というか、ゆとりのようなものが確実に少なくなってきているような気がしてならない。

そして、この「ゆとりのなさ」が、「あの頃は良かったねえ」といった過去を懐かしむという行為につながり、そのニーズにテレビ局が応えているのが現在の「懐かしの○○」だろう。

結局のところ、社会を発展させたまでは良かったが、そうすることによってヒトとしては住みにくい世の中にしてしまい、「あの頃は良かったね」と過去を懐かしむようになってしまうのである。

過去を懐かしく思うのは、ある程度の年齢を経た人間ならば誰にでもあることだし、そのこと自体を悪いというわけではない。

しかし、いつまでも過去のことを懐かしがってばかりいるのも考えものである。

これからは、人間の心が〝高度成長〟をしなければならない時代なのかもしれない。

# 極めれば…

今回は、珍しくコンサートへ行った時の話である。

会場へ開場時間よりも早く着いてしまったので中を歩いていたら、たまたま会場の中にある展示場で、地元住民の方の出展した作品展が開かれていた。

コンサートの開始時刻までにはまだ間があったので、どんなものか見てみようかと思ったが、入場料がどの程度か気になったので、周囲を見回してみたが入場料らしきものはどこにも書いていない。

そこで中の様子を見てみると、受付はあるものの入場料を取っている気配はない。

「もしかしたら入場無料なのかな？」と思い、受付の人に聞いてみると無料で入れるとのこと。

それならばと思い、せっかくなので見てみることにした。

この展覧会に出展された方には申し訳ないが、〝地元住民の作品〟ということだったのでたいして期待はしていなく、「小学校の教室の壁に張ってある絵や習字のようなものだろう」などと考えていた。

ところが、実際に見てみると書道や絵画、彫刻などのどの作品をとっても(素人の私からみれば)素晴らしい作品の数々で、入る前に失礼なことを思っていた自分が恥ずかしくなるほどであった。

私は、個人的に絵が好きだったので絵画を中心に見たのだが、油絵をはじめ、水墨画、切り絵といろいろな種類の絵が展示されており、しかもどれもが〝プロ級の作品〟で、とてもアマチュアの方の作品とは思えなかった。

(これだけの作品を無料で見られた上に、絵画を見たことによって心が静まり、コンサートを前に気分を落ちつかせることができるなんて入って良かったなー)と思いながら会場を出て、いざコンサートへ。

さて、この日のコンサートはチャイコフスキーの交響曲をメインに三曲が予定されており、二曲目にピアノ協奏曲(ピアノとオーケストラの共演)が演奏されたのだが、ピアニストの方は六十代くらいではないかと思われる外国人の女性であった。

指揮者の方と並んでいるところを見ると、普段着を着て町を歩いていれば外国人の老夫婦にしか見えない。

まあ、普通に考えれば「あんな婆さん（失礼）で大丈夫なの？」と思ってしまうところである。

しかし、そこはプロ。ステージを歩く足取りこそゆっくりとしているものの、一度、ピアノの前に座れば指先がまるで別人のようにしなやかに動いており、「お見事！」の一言であった。

ところで、ここまで読まれた読者の方の中には、「地元住民の展覧会とオーケストラのコンサートと何の関係があるんだ？」と思われた方もいるかもしれない。

私がここで言いたいのは、「極めることの大切さ」ということである。

地域住民の展覧会にしろ、オーケストラのコンサートにしろ、人様から認められるようになるためには（程度の差こそあれ）相当の努力をしているはずである。

「王道に近道なし」という言葉があるように、ものごとで成功を収めるのは容易なことではない。

いくら、才能があってもそれを引き出すのは本人の努力である。

だが、たいていの人は「それはわかっているけど、なかなかねえ…」となってしまい、最初からあきらめてしまったり、途中で投げ出してしまう。

とここまで偉そうに書いてきたが、私も同類で一つのことで「極める」ことができたものは〃現在のところ〃はない。

だからこそ、今回の出来事を通して「極めること」の大切さを改めて痛感させられた。

では、何で「極める」か、もうおわかりだろう。

そう、このエッセイである。やりたいことが見つかればあとは前へと突き進むのみ！

いつしか、〃一人前のエッセイスト〃として認められる日が来ることを目指してワープロを叩いている日々を送っている。

まあ、「その日」が来ることはまだまだ先だろうし、来ないかもしれない。

だからといって尻込みしていても何も始まらないのだから、行けるところまで頑張ってみようと思っている。

コンサートへ行った時に、たまたま入った地域住民の方の展覧会であったが、エッセイを書くことの目標というものを改めて確認するとともに、いろいろなことを考えさせられた一日であった。

# 自己投資のすすめ

投資の話といっても、お金の運用に関する話ではない。自分を高めるための投資に関する話である。

よく、「一度しかない人生だから…」という言葉を耳にする。

要は、人生というのは一回きりなのだから、後悔のない満足の行く人生を送りたいということなのだろうが、果たしてその〝目標〟に向かって努力している人は、一体どれだけいるだろうか?。

恐らく、ほとんどの人が「後悔のない満足の行く人生」どころか、そのために何をすれば良いかもわからずに毎日を過ごしているのではないかと思われる。

こう書くと、このような人たちからは、「金がない、忙しい、子どもに手がかかる」などといった声が聞こえてきそうだが、このような言い分は（誤解を恐れずに言えば）言い訳にすぎない。

何も、脱サラして商売を始めろといったようなことを言っているのではなく、現在の自分の生活の中で可能な範囲で行えば良いと言っているのである。

もっとも、これだけ書いても「言うは易し、行うは難し」となってしまうので、先に書いた「お金、時間、子ども」という問題をどのようにクリアするかということを書いていきたいと思う。

まずは、「お金」。

確かに、一般のサラリーマンの給料などというのは、毎月、自分や家族が生活するのがやっとという程度だろうし、長引く不況の影響もあり、さらに厳しい状況だろう。

じゃあ、生活費以外のお金というものは全くないかというとそんなことはないだろう。

その証拠に、競馬の場外馬券売場には週末になると大勢の人であふれているし、宝くじは売れ、プロ野球やJリーグなどの会場は大勢の観客が詰めかけている。

パチンコ屋にも大勢の人が詰めかけているし、ファミレスなども休日は家族連れなどで賑わっている。

なぜ、このような例を挙げたかというと、これらは別に命にかかわることのない、遊興費だからである。

〝命にかかわらない〟ということは、生活が苦しくなれば、真っ先に支出削減の対象となるはずであるが、まだ商売として成立しているということは、苦しいながらも余裕があるということだろう。

ここに、最初の問題点である「お金がない」ということの解決方法がある。

どういうことかと言うと、この遊興費の一部を自己投資に回せば良いということである。

仮に、競馬や宝くじ一回につき、一万円費やしていたとしよう。

それを一回につき、八千円にすれば二千円浮く計算になる。

その浮いた二千円で、本でも買って読めば知性は増すし、それをきっかけにいろいろなことを考えることが可能だろう。ほかにも絵を描いたり、書道を始めるなどいろいろな自己投資の方法があるだろう。

次に、「時間」。

「○○したいと思っているんだけど、なかなか時間がなくてねえ」という人がいる。

確かに、会社勤めをしていれば時間の大半を仕事に費やすことになるので、まとまった時間をとることは難しいだろう。

だが、「忙しい、忙しい」と言っているだけではなんにもならない。

それに、いくら忙しいと言ってもコンビニのように二十四時間、年中無休で働いているわけではないだろうから、平日でも五分や十分の時間は作れるだろうし、休日だって(日数に違いがあっても)あるだろう。

先に例として挙げた読書ならば、平日でも寝る前の五分、十分でも可能だろうし、自分のことを見つめ直す(鏡を見るということではない!)ことも可能だろう。

このちょっとした時間を有効活用することによって、自分が何をやりたいかといったことを考えるいい機会となる。

また、時間がないというのならば、それを言い訳にするのではなく、時間がないなりに可能な範囲で自分のできることを見つければ良いだけのことである。

簡単には見つからないかもしれないが、他人ではない、ほかならぬ自分自身のことなのだからそのくらいの努力はすべきである。

最後に「子ども」。

子ども(ここでは、手がかかるという点から小学生くらいまでに限らせていただく)がいると、何かと子どもの世話に追われて、なかなか自分の時間というものを確保することはできないだろう。

だが、ここでも「時間」同様、一日のうち何分かは自分の時間があるだろう。

それに、子どもの世話に追われていると言っても、何から何まで自分一人で行っているという人は稀であろう。

ということは、夫なり、妻なり、親なりに、たまには子どもを預けて自分のことを行うこともできるだろう。

もし、「その時間すらとれない」というのならば、いま自分が何をやりたいか、どうしたいかといったことを考えることくらいはできるだろう。

現在は、忙しくて自由な時間がなくても、子どもはいずれ親の手を離れていくはずである。

その時が来たときに備えて（?）、自分の目標を考えておくというのも一考の価値があるのではないだろうか?。

「一度しかない人生を後悔したくない」と思うならば、それなりに自己投資が必要となるだろうし、そうして得た財産は一生モノだろう。

ないないづくしでは、何も得られるわけはない。だったら、自分でいろいろと工夫をしてでも「知の財産」を獲得して幸せな人生を送ろうじゃありませんか。

「この話がその第一歩となってもらえれば」、筆者としてこんなにうれしいことはない。

# すれ違いの日々

土曜日の朝、スーパーへ買い物に行こうと思い、「今週の献立は何にしようか」とか「エッセイも書かなければ」などと思いながら車を走らせていると、家の近くに宅配便の車が止まっていた。

それを見た私はふと「自分の家に荷物が来るのでは？」という思いが頭をよぎった。特に根拠があるわけではないが、本（前著「こだわりを捨てたら」）の見本が八月に完成すると聞いていたので、それが届くような気がしたのである（この文章は八月に書いたものである）。

だが、出版社からは何の連絡もないし、恐らく違うだろうと思い、そのまま買い物へ出かけた。

ところがである。そんな時に限って予感は的中し、買い物から帰ってくると玄関に不在通知がはさまっていたのである。

「あー、しまったー」と思った時にはあとの祭り。また、業者へ連絡して再度、来てもらわなければならない。

本を出版することが決まってから、原稿などの書類のやりとりは宅配便で行っているのだが、平日は仕事があるし、休日も昼間は買い物などで留守にすることが多い。

そのため、毎度、不在通知がはさまっているということになるのである。

しかも、不在通知の担当者の欄には地区ごとに決まっているのか、毎回同じ人の名前が書かれている。

最近は、再配達を防ぐために「時間指定」が可能だというのに再配達をさせられるとなると業者の人は腹立たしく感じるだろうし、それが毎回のように続くと「またか」と思いたくもなるだろう。

独り暮らしをしていると何かと不便なことが多いが、中でも病気と宅配便への対処には苦慮している。

この二つに言えることは「代わりの人がいない」という点である。

病気の時はただ寝ていたいと思っても代わりに家事をしてくれる人はいないし、宅配便は家にいて受け取っておいてくれる人もいない。

この時ばかりは独り暮らしの不便さを痛感する。

話は戻るが、不在通知を見ると決まって最寄りの営業所へ電話するようにと書かれているので、電話をかけると「今日はもうご在宅ですか?」と聞かれる。

この場合、私は(二度手間になって申し訳ないという思いから)極力「います」と答えるようにしているが、電話を切ったあとでいつも「あー、これで今日は外出できない」と思う。何せ、相手はいつ来るかわからないし、「二度目」ということでこちらとしても「時間指定」をするわけにもいかない。

しかも、理由はなんであれ、近くのコンビニであろうと駐車場に止めてある車に行ってようと業者の人が来たときに「在宅」していなければ、また「すれ違い」となってしまう。そう思うとどこにも出掛けることができずに、荷物が届くまでじっと(というわけでもないが)家で〝待機〟していなければならない。

家で家事をしながら待っている時も頭の中には常に「宅配便」のことが気になるので掃除機などをかけている時は、掃除機の音で玄関の呼び出しベルが聞こえないのではないかと気がかりになるし、昼寝をしていて寝過ごしたらと思うと昼寝をするわけにもいかない。

そんな思いで待ちながら無事に受け取った時は、安心感からかどっと疲れがでる。業者の人には、「毎回、不在ですみません」と一言詫びを入れるようにしているし、業者の人も「いいですよ」とは言ってくれる（怒るわけにはいかないだろうから）が申し訳ないと思う。

せめて、送る側（出版社の人に限らず）が事前に連絡を入れてくれるか、曜日にかかわらず夜間配達にしてくれれば助かるのだが、相手も忙しい身なのでいちいち連絡するわけにもいかないだろうし、明日は土曜日で休みだから家にいるだろうといった感じで送ってくるのだろう。

ところが、そういう時に限って外出していて不在なのである。

職場に送ってもらうという方法もあるが、人に知られたくない荷物も結構あるし、周りの人間に勝手なことを言わせるネタを提供するようなもので、飛んで火に入る夏の虫になりかねない。

それにしても、この宅配便の業者との「すれ違い」、何かいい解決方法はないだろうかと考えているが、これといった解決策もないまま「すれ違いの日々」を送っている。

# 思い違いは恐ろしい

親戚の子（幼児）が、中華料理の店で食事をしていた時の話である。

家族でメニューを見ながら何を注文しようかと話していた時に、「私は、バー〇〇ンラーメンがいい」と言い出したそうである。

この子の家では、バー〇〇ン（中華料理のファミレスの店）へよく食事に行くらしく、中華料理の店では、どこでも〝バー〇〇ンラーメン〟があると思っていたようである。

この話を聞いていて、「子どもの思い違いというのは誰でもあるんだなあ」と自分の子ども時代を思い出しながら感じていた。

というのも、私も子どもの時に似たような経験があるからである。

私は、子どもの頃旅館と親の会社の保養施設との区別がつかず、全く同じだと思っていたことがあった。

夏休みになると毎年、親の会社の保養施設へ泊まりに行っていた（一カ所しかなく、毎年同じ場所）のだが、そこは、食事は館内放送に従って食堂まで食べに行かなければならず、布団の上げ下ろしはセルフサービス。その上、娯楽施設といえば卓球台が一卓とジュークボックス（映像の出ないカラオケのようなもの）しかないところである。

このような施設、サービスともにお粗末なところである上、一応は社員の「福利厚生」のための場所なので、料金は通常の旅館に比べて格安であった（だからこそ、毎年のように行っていた）。

それでも、当時の私は、宿泊施設といえばこの保養施設以外、利用をしたことがなかったので、「旅館＝保養施設」だとずっと思っていたのである。

ところが、修学旅行や大人になって、いざ〝本物の旅館〟に泊まるようになったら、食事は部屋まで運ばれ、布団の上げ下ろしもやってくれる。娯楽施設もゲーム機などの設備が整っているのを目にした時は、「ここまでいろいろと整っているんだ」と感心したものである。

それと同時に「幼児期の体験の影響というのは大きいんだなあ」と思いながら、このことを親に話したところ、「あの頃は、お金がなくて（今でも十分にないが）保養施設に行くのがやっとだった」と言われてしまった。

まあ、この程度ならそのうちわかるからいいし、今となっては笑い話にすぎないが、この「子ども時代の思い違い」というのは、大人になっても気づかずに続くケースもある。

私の友人は、つい最近まで年齢の差を表す「一回り」とは「十歳」だと思っていたそうである（実は私も中学生くらいまでそう思っていた）。

「一回り」とは、言わずと知れた干支が一巡することで、十二年の年の差を言うのだが、何かの契機に「一回り」は「十歳」と勘違いしたまま今日まで過ごしてしまったようである。

ものごとを知らないということは、誰にでもあるとはいえ、「一回り」が何年かということくらいは、大人ならば知っておかないと恥ずかしい思いをすることになりかねない。

このように、「子ども時代の思い違い」というのは、水疱瘡やはしかなどの伝染病ではないが、子どものうちに直しておけば、それほど大変な思いをしなくても済むが、大人になってから気づくと非常にたちが悪い。

早く気づくには、子どもの時からいろいろな経験をさせることが必要である。しかし、先述した親の言葉ではないが、子どもが小さい時というのは親も若いため、収入が低い上に、その子ども自身にいろいろとお金がかかる（それも収入はなく、出ていく一方）ので、難しいというのが現状だろう。

結局のところ、問題点と解決策はわかっているものの、「財政難」（？）のために、実行できないまま大人になってしまうというのが現状のようである。

まあ、所詮は人間のやることだし、誰しも思い違いの一つや二つは経験しているのだから、大人になってそのことを話し合って笑い合うこともできる。

ちなみに、この話も私に思い違いの経験があったからこそ書けたのである。

そう考えると、思い違いを経験するのも悪くないかなとも思うが、同時に気づくのが遅れた思い違いというのは恐ろしいものだとこの文章を書きながら感じたのであった。

# 懲りない男

先日、友人二人と三人で飲みに行くことになり、二人で待ち合わせをしていた時のことである。

友人が、(二人の前を通った人を指して)「今の人、覚えてる?」と聞いてきた。

ところが、私には会った記憶はなく誰だろうと思いながら「知らない」と答えた。

すると、「この前、スナックでゆきさんの近くに座っていたんだけどさ、あの店のマコちゃんに入れあげてるらしいよ」という思いがけない答えが返ってきた。

待ち合わせている相手はまだ来る気配はなく、待っている間の暇つぶしとしては面白い話題だと思い、どういうことかさらに聞いてみた。

友人の話によると、その人(仮にX氏としよう)はスナックの従業員であるマコ(この人ももちろん仮名)という女性に本気になってしまい(?)、頻繁に店へ顔を出しているのだが、当のマコちゃんはX氏が嫌いで避けて歩いているそうである。

以前にも、友人が店へ行ったら、マコちゃんが「いいところに来てくれた」と言って友人のテーブルについてそこを離れなかったことがあったそうである。

どういうことかというと、たまたまその日は客が少ない上に、例によってX氏がいたため、マコちゃんが相手をしなければいけない状況に追い込まれていたところに現れたのが友人だったというわけである。

よく、看護婦さんやクラブのホステスさんが、自分に対して親切にしてくれるのを「自分に対して好意を寄せているのではないか」などと、自分勝手な思い込みにハマってストーカーのごとく追いかけ回すという話はよく耳にするが、まさかこんな身近で起きているとは思いもよらなかった。

こういう話は、当のマコちゃんには申し訳ないが、はたから見ている分には面白い話である。

「じゃあ、今日もそのX氏は来るのかな?」と聞くと、「多分、来るんじゃない」という返事。

こりゃあ、是非とも見てみたいと思っているところへ待ち合わせの相手が来た。

そのまま、三人で居酒屋でしばらく飲んだ後、「場所を変えよう」ということになり、居酒屋を出て例のスナックへ行くことになった。

スナックはまだ空いていて、我々のほかにはカウンターに二人くらいの客がいるだけでX氏は来ていないようである。

我々がボックス席に座るとマコちゃんがついて相手をしてくれた。

今日は来ないのかなあと思いながら飲んでいると、四十歳くらいの一人の男が入ってきた。すると友人は私に目配せをしてきた。どうやらX氏のお出ましのようである。

X氏は我々とは背中合わせになる形で、カウンターの角に座って一人で飲み始めたのだが、それとなく様子を窺っていると、店の女性は積極的にX氏の相手をしようとはしない。さすがに、カウンターの中にいた女性は、多少話はするが、（X氏が）お目当てのマコちゃんはX氏など眼中にないといった様子で、存在そのものを無視している感じである。

そのうち事情を知っている友人がX氏に聞こえるようわざとらしく、「今日はいつも来るあの人は来てないみたいだけど、どうしたんだろうねえ」などとマコちゃんに話しかける。するとマコちゃんもそれに応え、「今日は来ないんじゃないの？　あんな人どうでもいいよ！」などと言っていたが、その声からは明らかにX氏をいやがっている様子が感じられる。

さて、ここまでハッキリと嫌われ、バカにされたX氏はというと、自分のことだということを知ってか知らずかしばらくの間平然と飲み続けていた（鈍感というか、大物というか…）。

このX氏は我々より先に帰ったのだが、その間マコちゃんはずっと我々の席についたままで、X氏とは言葉を交わすどころか目線すら合わせようともせず、帰る時も知らんふりという徹底ぶりであった。

それでも懲りずに通い続けるとは見上げた根性（？）である。

これがテレビドラマなら、最初は嫌われていても通い続けるうちに相手の女性も「そんなにアタシのことを思ってくれるなんて…」と心が傾き始め、三カ月もすればめでたく結ばれるというふうになるだろう。

ひょっとしたらX氏もそうなることを期待しているのかもしれない。

だが、今日のマコちゃんの応対（というか対応）ぶりを見ていると、通い続けることが裏目に出ているような感じがした。

もし、私がX氏の立場だったら、いくら好きになった女性でもあそこまでハッキリと嫌われ、周りの客にもバカにされるくらいならさっさと手を引いているところである。

余計なお世話だが、こんなことにいつまでも金と時間を費やすことしかやることがない（ほかに目的なり楽しみがあればこんなことはしないでしょうから）とは、X氏もかわいそうな人だなと思うと同時に「懲りない男」だなあと感じた夜の出来事であった。

# 話さないのもいいもんだ

先日、本の販売に先駆けて、出版社から見本と著者である私の受け取り分が送付されてきた。

その道の「プロ」が作成しただけあって、私の予想以上に素晴らしい本に仕上げてくれており、「苦労した(?)甲斐があったなあ」と一人で感動しながら(自分が書いた内容であるにもかかわらず)、最初から最後まで一通り読んでしまった。

一通り読んだあとで、ほかの人の感想を聞きたくなった私は早速、親に電話をして「本が完成したので送るから、すぐに読むように!」と偉そうに読む時期まで指示すると、その足で宅配便の取り扱い店へと向かった。

なんだかんだと言いながら、こういう時は「親」の出番となる(いちばん、ものが言いやすいもので)。

さて、送ってからの一週間というものは（本の）感想が気になって、なんとなく落ちつかない。

「親」とはいえ、一般の読者であることには変わりはない。ということは、「親」が理解できない、あるいはつまらないと感じるということは、ほかの読者の方にも受け入れてもらえないだろう。

そう思うと「どのように感じるか」というのは、著者である私にとっていちばん、気掛かりな点であったのだ。

ところが、そんな私の心配をよそに親からは一向に連絡がこない（親には親の生活というものがあるだろうから）。

そこで、思い余ってこちらから電話をすることにした。

私からの「督促電話」（?）に、親は「忙しくて、まだ半分程度しか読んでいない」と言いながらも、「面白い」という感想であった（もちろん、この中には「親バカ」の部分が入っていることは否定できないが…）。

とりあえず、良好な感触に満足した私はふと、「現在の生活がなかったら、書けなかったろうなあ」と思った。

「現在の生活」とは、「（職場では）人と（ほとんど）話をしない日々」を意味する。このことは、前にも書いたが、現在の職場では話が合わないため、会話というものがほとんどなく、一日の〝総会話時間〟を集計すれば（仕事の会話を除いて）ものの数分でしかない。ということは、その分、余計な神経を使わずに済むので、仕事の合間などは〝いろいろなことを考える時間〟にあてることが可能なのである。

この〝いろいろなことを考える時間〟こそ、私がエッセイを書く上で重要な役割を果たしている。

では、この時間にどんなことを考えているかというと、退社後の予定から、来週分の献立（私は兼業主夫なので、一週間分まとめて材料を購入しているため）、今度行く女子プロレスの対戦成績の予想、週末の過ごし方、ｅｔｃなどである。

ここで、ちょっと断っておくが、当然のことながら基本的には仕事をしており、このような時間はごくわずかである（こう書いておかないと、「なんてヒマな職場だ」という誤解を招きかねないので）。

話は戻るが、はたから見れば、「くだらない（？）ことを考えているなあ」と思われるかもしれない。しかし、いろいろなことを考えているうちに「これらを本にまとめてみたら」と思い、書き始めたのが私のエッセイである。

そして、このエッセイの構想は大半が、この〝いろいろなことを考える時間〟にできたものである。

ということは、仮に現在の職場の人間関係が「極めて良好」だったら、エッセイなど書けなかっただろうし、それ以前に書くことすら思いつかなかっただろう。

職場の人間関係が「極めて良好」な場合、良好な状態を維持するためにいろいろと気づかわねばならないことが多い。その上、その場の安易な楽しさに浸かってしまい、あまりものごとを考えなくなってしまう。

つまり、私のエッセイは「人間関係の悪さの産物」によってできたものである。

この本をお読みいただいている方の中にも、「職場の人間関係」にお悩みの方もおられるかとは思う。だが、発想を変えれば劣悪な環境をも逆手にとって、自分を生かすことが可能であるということがおわかりいただければ幸いである。

それにしても「話さない」ということが、（場合によっては）こんなにもいいものなんだということを今更ながら感じている今日この頃である。

# これも親バカ？

前に、前著「こだわりを捨てたら」の著者である私の受け取り分が送付されたことを書いたが、その本がどうなったかというと、当然のことながら（？）親戚や昔からお世話になっている人たちに配布させていただいた。

そうなると気になるのは、本を読んだ感想である。何せ、この本は私の中から生まれてきた〝子ども〟のような存在である。

他家へ娘を嫁がせた親ではないが、それぞれの家へ引き取られた我が子（？）が、どのように思われているだろうかと思うと落ち着かない。

いくら、出版社の方から高い評価を得たとしても（それはそれで大変にありがたいことではあるが）、実際に買うのは一般の読者の方たちである。

ということは、我が子が引き取られた先での評判が悪ければ、当然のことながら本は売れないことを意味するのである。

だが、実際に読んでいただいた方からの感想（社交辞令の部分もあるだろうが）は概ね好評であった。

この感想に安心した私は、友人にも読んでもらおうと思い、たまたま会う予定があったので我が子を引き取ってもらうことにした。

友人がどういう反応を示すか興味があったので、私はあえて本に関することは事前に何も話さずにいきなり本を差し出した。

友人は、見慣れぬ本の登場に驚いた様子であったが、ここまでは私も予想していたとおりの展開であった。

しかし、そのあと友人は、「本当に自分（私のこと）で書いたの？」と半信半疑の様子である。ここまでは私も予想していなかったので、少々驚いたが、なんとか私が書いたことを証明できるものはないかと思っていたら、たまたま出版社から送られた販売店のリスト（自分の書いた本がどこの本屋さんで売られているかという一覧表）があったので、それを見せて、「ちゃんと宛名が私宛になっているではないか」と言うと納得した。

本当に私が書いた本だとわかってからは、「すごいねー」と感心してくれて、その後は本に関する話をしていたのだが、話をしているうちに「せっかくだから書店に並んでいるところを見に行こう」ということになり、早速リストに載っている本屋さんへ行ってみることにした。

友人の住んでいる市内には二店に置かれる予定になっていたが、住所は○○市までしかわからなかったので、とりあえず駅前にある本屋さんへ行ってみることにした。

ところが、いざ行ってみると全く関係のない本屋さんであった。

この時気づいたのだが、本屋さんというのは、場所は覚えていても店名までは意外と覚えていないのである（○○駅の前とか、□□ビルの3Fとか店のある場所で覚えていることが多い）。

場所が駅前だったので、もしかしたらリストに載っている本屋さんが近所にあるかもしれないと思い、交番で聞いてみることにした。

そうしたら、二店のうち一店は駅から歩いて五分程度の場所にあることが判明したので早速、二人で行ってみた。

着いた場所はというと小さな本屋さんで、店の半分以上はマンガと写真集で占められていて、活字の本は店の片隅にあるだけだった。

その少ないスペースの中に文芸社から出版された本を並べるコーナーがあったのだが、私の本はまだ並べられていなかった。

私と友人が棚を見て少しがっかりしながら「ないねえ」と話し合っていると、店の人が気づいて「お探しの本はこの中にありますか？」と文芸社の新刊本のリストを持ってきてくれた。それを見ると確かに私の書いた本が載っている。

思わず、「ああ、これだ」と私が言うと店の人は、「これから並べるところですけど良かったらお持ちしましょうか？」と言ってくれた。

だが、我々の目的は本の入手ではなく、書店の棚に並んでいるところの確認である。

まさか、「自分の書いた本が店に並んでいるかどうか不安になって見に来ました」と言うわけにもいかず、「友人がこの出版社から本を出したと聞いたので、確認に来ただけなんです」と適当な言い訳をしてそそくさと店を出た。

期待外れの結末にがっかりした私たちであったが、ないとなると余計に見たくなるのが人情である。

そこで、ここまで来たのならばと足を伸ばして隣の市の本屋さんへ行ってみることにした。そこの本屋さんも場所がよくわからなかったので、地図とにらめっこをしながら車を走らせてやっとの思いでたどりついた。

しかし、健闘（？）したにもかかわらず、そこの本屋さんにもまだ、並べられてはいなかった（残念！）。

それにしても、（我ながら）ここまで執念を燃やすなんてこれが自分の子どものことだったら本当の「親バカ」だなあと思ってしまった。

本屋さんだって商売なのだから、こちらから確認に行こうが、行くまいが契約している以上はきちんと並べてくれるだろう。

それを大の大人が、わざわざ車を走らせてまで見に行こうとするのだから、はたから見れば「そこまでしなくても…」と思われるだろう。

しかし、「そこまでしても」確かめたいと思うのが「親」としての人情ではないのだろうか？

私は、まだ「親」になったことがないので、「親バカ」というのがどういうことか経験したことはないが、今回の経験を通して少しはわかったような気がした出来事であった。

余談だが、私の本が本屋さんの棚に並んでいるところは、後日別の本屋さんで確認するとともに、うれしさのあまり思わずその場で購入してしまった。

店員さんもまさか、目の前で買っている人間が筆者本人だとは思わなかっただろう。

# 勝つのはどっちだ！

「またダメだ、落ちないなあ」。

ワイシャツを洗濯するたびに襟元を見て思わずつぶやいてしまう。

私は、クリーニング屋さんの洗濯のりでがんじがらめにされたシャツが嫌いなため、自分で洗濯をしてアイロンをかけているのだが、襟元の汚れがどうしても落ちず、汚れがみごとな〝しま模様〟となって残っているのである。

今まで、あの手、この手といろいろな方法を試してみたのだが、どれもいまいち効果がなく、毎度、手を焼いている。

では、どんな方法を試してみたかということを書いてみたいと思う。

まず、最初に試みたのは襟に洗剤を付けて直接こするという方法である。

この方法だと汚れは落ちるのだが、数回繰り返しただけで襟元の生地が傷んでしまい、挙げ句の果てには擦り切れてしまう。

ワイシャツそのものはまだまだ十分に着ることができるというのに、襟元ばかりが傷んでしまうのでこの方法は長続きしなかった。

そこで、次に試みたのが部分落としの洗剤である。

よくコマーシャルなどで、作業服に染みついた油汚れが簡単に落ちるなどと宣伝しているのを見て試してみることにしたのである。

スーパーへ行き、部分落としの洗剤を探してみると何種類かの洗剤が並んでおり、どれも〝汚れに強い！〟、これさえ使えば、いままで落ちなかった汚れもなんなく落ちますと言わんばかりの汚れ落ちの効果が書かれている。

その中で、「襟汚れ専用」というのがあったので、その会社の〝襟汚れに対する研究の成果〟を信じて買うことにした。

だが、結果はというと、ものの見事に裏切られた（？）。全くと言っていいほど落ちていないのである。

この製品の開発に関わった人たちには申し訳ないが、「一体、あなたたちは何を研究していたんだ？　よくこんなものを販売しているな！」と言いたいくらいだ。

洗剤の宣伝でもそうだが、よく「繊維の奥の汚れまで落とします」などと汚れ落ちの効果を強調しているが、実際にはたいして落ちないものが大半である。

一度、誇大広告としてJAROに調査してもらいたいと思うほどである。

部分落としの洗剤がダメだとわかり、どうしようかと思っていたところ、母親から「石鹼を使うと落ちるらしい」ということを聞いた。

なんでも、襟汚れは、所詮人間の垢なのだから、体の汚れを落とす石鹼がいちばん効果があるらしい。

早速、襟の汚れた部分に固形石鹼をこすり付けてから洗濯機で洗ってみた。

ところが、敵も頑固で部分落としの洗剤よりかは落ちたものの、思ったほどの効果は得られない。相変わらず、あの黒い線はくっきりと残っている。

また、振り出しに戻されてしまい、ほかに何かいい方法はないだろうかと思っていたら、何で見たかは忘れたが、襟汚れにはシェービングクリームやシャンプーがいいというのを見つけた。

しかし、これまでいろいろな方法を試してみたが、あまりパッとした効果が得られなかったので、どうせダメだろうと思いもしたのだが、ダメで元々だと考え直して、試しに使ってみることにした。

結果はというと完全には落ちないものの、これまでのどの方法よりも汚れは落ちていた。それにしてもこの襟汚れ、毎日風呂に入って首の周りもしっかりと洗っているというのに、ワイシャツを一日着ると汚れのほうもしっかりと付いている。

その上、一度付いたらなかなか落ちてくれない。

この戦い、独り暮らしを始めた時からもう六年も続いているが、私が完全勝利（？）を収めることができる日はまだまだ先のようである。

どなたか、完全勝利を収めることができる必殺技（？）をご存じの方がいましたら、ぜひ教えてください。薄謝進呈します。

# 婚期がだんだん遠くなる

「結婚」。独身（特に独り暮らし）の人間は何かとこの二文字に振り回される。

特に、三十歳を過ぎても独身で独り暮らしをしていると、何かにつけて周りが「まだか、まだか」とうるさい。

まあ、確かに人間の最終目標（？）は子孫を残すことだろうし、現代社会で「合法的」（後々、面倒なことがないという意味）にそうするには、結婚するのがいちばんの近道なのだろう。

それにしてもねえ。まだ、その気のない人間としては、結婚ってそんなにしなければならないものなのかなあとも思う。

特に、私の場合はまだいろいろとやりたいことがあるし、結婚することの利点とか必要性というものも、まだよくわからない。

また、私は「皆がそうするから」という理由で周りに流されるのが嫌いな人間なので、たとえ、周りがなんと言おうと自分が納得しない限りはその気はない。

そのため、職場などの人間になんだかんだ言われるたびに腹立たしくなる。

しかも、そういうことを言う人間に限って、何をしてくれるというわけでもなく（こんな人間に世話などしてもらいたくもないが）、自分の興味本位か、ただ単に話すことがないので、とりあえず話のとっかかりとして言うだけである。

そのたびに、「なんで、独身、独り暮らしというだけで、なんだかんだ言われなければならないんだ」と思ってしまう。

結婚という制度が法律で認められていても、「結婚しなければならない」という決まりはない！

ということは、独身だってなんら問題はないはずである。

よく、結婚すると人間的に大きくなれるとか、家庭を持つことで責任や自覚が高まるとかいうが、冗談じゃないと言いたい。

「三つ子の魂百まで」ということわざがあるように、人間なんてそう簡単に変わるものではない。

仮に、結婚して親になったくらいで、人として成長するというのなら、現在の「しつけのできない親たち」は存在しないはずである。

結婚しようが、しまいが成長しない人間はそのままだし、成長する人間はするのである。

要するに、結婚すると自覚や責任うんぬんというのは、会社などの組織が、結婚すれば簡単には辞めないだろうし、仕事もさせやすい（不満があっても家族がいると保守的になって言いにくい）といった具合に、自分たちにとって都合が良いだけのことである。

先に書いた他人のことをなんだかんだと言う人は、ここまで書いたことを読んだ上で、自分が言っていることが本当に正しいのかどうかを考えてもらいたい。

さて、周りの人間に対する怒り（？）はこのへんまでにして、ここからは私の結婚観のようなものについて書いてみたいと思う。

私は、現在のところ結婚については考えていないが、だからといってずっとこのままというつもりもない。

ただ、相手があってのことだし、独り暮らしを長く続けると、自分の生活スタイルというものができてきて、それをこわされたくないという思いがある。

それに、私の場合はこれまでにも書いてきたように、基本的に一人でいるのが好きなのである。

人は誰しも、向き、不向きというのは存在するのだし、結婚だって例外ではないはずである。

要するに、私の場合は一人でいるのが合っているのであり、人と一緒にいるのが向かないのである。

だからといって、人間一人でも生きられるとは思っていない。また、(少ないながらも)友人はいるし、その関係は大切にしたいと思う。

しかし、結婚となると話は別。何せ、向こう何十年と一緒に一つ屋根の下で暮らすことを前提に考えなければいけない(独り暮らしが合っている私としては、「週末婚」のようなスタイルがいいなと思うのだが)のだから、どうしても慎重になるし、こっちがいいと思っても相手のほうからいやがられることだってある。

結局のところ、〝タイミング〟の問題なのだろう。

自分と相手のタイミングがうまい具合に一致する時期が早いか遅いかの話だろう。

もちろん、この早いか遅いかという部分には、自分で努力したかどうかという部分(お見合いを重ねるとか、結婚相談所へ登録するなど)も影響をするだろうが、私はこっち方面では特別な努力をする気はない。

自分が結婚することの意味を理解した時がチャンスだろうし、その時にタイミング良く出会った人が、最良の人だろうと思っているからである（断っておくが、ただ単に待っているということではない）。

まあ、その時が来るかどうかはこれからのお楽しみとして、とりあえずはこのエッセイをはじめいろいろなことを経験することによって、自分を高めていきたいと思っている。

しかし、一方ではこんな調子だから「婚期がだんだん遠くなる」のかなあとも思い始めている今日この頃である。

これだけ書いても既婚者の人には、独身者（私）の気持ちなんてわかってもらえないだろうなあ。

# 買いどきはいつ

　現代の社会は、便利な機械がどんどん登場して、体を動かさずに楽な生活が送れる反面、一方では、食物が自由に手に入るので食べすぎと運動不足により太りやすい環境にある。そのせいか、本屋さんなどでダイエットに関する本をよく見かける。

　このテの本には、たいていダイエットの基本の一つとして「買い物は食後にし、空腹時には行かないこと」と書いてある。だが、主夫の一人である私の立場から言わせてもらうとこれが意外と大変なのである。

　空腹時に買い物に行くと、つい、あれもこれもと目先の欲につられて食べきれないほどの買い物をしてしまうので、食後に行けば必要なものしか買わないというのが、このテの本の著者の言い分だ。

　しかし、実際に食後に買い物に行くと余計なものを買わないで済む反面、何を買ったらいいかわからなくなってしまうのである。

空腹時ならば食欲が満たされていないので、食べたいものがいろいろと浮かんでくるからそれに合わせて買い物をすれば良い。だが、食後だと当然のことながら、食欲が満たされているために食べたいものが思い浮かばない。

あらかじめ考えておくといっても、普段は仕事と家事に追われてゆっくりと考える時間はないし、私の場合は一週間分をまとめて買っているので、そんなに何日も前から食べたいものなど思いつきやしない。

それに、あらかじめ考えておいても、いざスーパーへ行ってみたら安売りの品物が見つかった（私は面倒なので、事前に〝チラシ〟で安売り情報を確認するようなことは、ほとんどしない）から、それを使った献立に変更といったこともよくある。

結局のところ、当日の朝、店に行きながら「何にしようか（買おうか）」と考えながら買い物に行き、着いてから最終的に決めることになる。

そして、昼食にパンでも食べようかと思うとどれも美味しそうに見えてしまい、一、二個余分に買ったり、惣菜などでも大小のパックがあると大きいほうを買ってしまい、あとで食べすぎて苦しむという結末を迎えてしまう。

そのたびに、「これからは買い物は食後にしよう」と思うのだが、食後の買い物というのは先に書いたように問題点（大げさな言い方だが）が多く、思うように事が進んでくれないので、また同じことの繰り返しとなってしまう。

専業主婦（夫）のように自分が行きたい時に行けるというようなある程度、自由な時間がある人はいいが、兼業主婦（夫）のように限られた時間でやりくりしなければならない場合は非常に難しい。それも毎日のこととなるとなおさらである。

ここまで書きながら「本当、（食品の）買いどきというのは難しいなあ」と思っていたのだが、この「買いどき」というのは結婚にも当てはまるのではないだろうか。

結婚のタイミングというのも非常に難しい。

タイミングひとつとっても空腹時か満腹時かといった「二者択一」ではなく、自分や相手の年齢、収入などの生活環境に関わるさまざまな問題を考慮した「多肢選択」である。

また、時期についても早ければ良いかというとそうでもなく、遅ければ遅いで何かと問題が出てくる。

そして、自分という「商品」が買いどきでも、「良い買い手」がなかなか現れなかったり、逆に「買いたい」と思った時には「良い商品」が見つからずに、そのまま「旬」を過ぎてしまう。

食品ならば、毎日のこととはいえ、「失敗した」と思ってもその場限りなのですぐにやり直すことも可能だが、結婚は（一応）一生のことなのでつい、慎重になってしまう。

とまあ、こんなことを考えているうちに、私も三十代を迎えることになってしまった。せめて三十代の間にはこの問題を片づけたいと思うのだが、恐らく無理だろうなあ—。

結局のところ、「買いどきはいつか」という問題に対して明確な答えを出せないままに今日まで来てしまった。

そして、今日も空腹時に買い物に行って余計なものを買ってしまい、「正しい買いどき」について悩んでしまうのである。

# 料理は一日にしてできず

「男の作る料理はおいしい」というようなことがよく言われる。

こう書くと「そういえばホテルやレストランのシェフなんかは男の人が多いもんなあ」と納得する人もいるかもしれない。

だが、この言葉にはちゃんとウラが存在するのである。

どういうことかと言うと、たいてい世のお父さんたちが料理を作るのは、自分の気の向いた休日だし、たまにしか作らない分、普段よりお金と手間をかける。

要するに、「男が作るからおいしい」のではなく、「誰が作ってもおいしいような手間とお金をかけた作り方をしている」だけのことなのである。

これに対し、主婦（夫）の人たちは、①毎日作らなければならない、②予算が限られている、③（仕事や子どもの世話などに追われて）時間がない、という〝三重苦〟のなかで作らなければならない。

このへんは、料理をする主夫の私にもなんとなくわかるような気がする。ただ、私の場合は独り暮らしなので、家族の希望などは関係なく、自分の分だけ作れば良いのであるが、それでも毎日、仕事から帰ってきてから作るというのはなかなか骨の折れる作業である。が、市販のルーやレトルトのソース、調味料などをよく使っているので一般の主婦（夫）の方たちに比べればまだ楽なほうかもしれない。

何せ、料理で大変なのは〝味付け〟なのだが、それを市販のものに頼っているという「他人任せ」の料理なのだから。

市販の調味料に頼ってばかりいれば、楽と言えば楽である。しかし、楽をするということはいつまで経っても上達しないことを意味するし、「私は料理をしています」と言い切る自信もいまひとつない。

「このままではいけない。もう少し、自分できちんと作れる料理のレパートリーを増やさなければ」とは思うのだが、先に書いた時間と予算が壁となる。

とはいえ、「とりあえず経験してみよう」を信条とする私としては、時間と予算がないということなど言い訳でしかない。

そんなことを思いながら過ごしていたある日、テレビの料理番組でスパゲティカルボナーラの作り方を紹介していた。

これを見た私は、「レパートリーを増やすには、これなんかいいのではないか?」と思い、早速作ってみることにした。

これから、その手順を書きたいと思うが、私がテレビで見た記憶をもとに作ったものなので〝正しい手順〟とは異なるかもしれない。

まずは、ソース作りから始める。卵とチーズを合わせて作るのだが、テレビでは卵黄と固まりのチーズを卸金で卸していた。しかし、卵黄だけだと白身がもったいないので全卵にし、チーズは市販の粉チーズにする。

次に、フライパンで豚肉の塩漬けのようなものを炒めるのだが、近所のスーパーにはそのような気の利いたものはない。そこで、ベーコンを代用品にする(ここまでだけでも実際とだいぶかけ離れているような気もするが、先へと進むことにする)。

豚肉の塩漬け(ベーコン)が炒まったところで、生クリームを入れるのだが、ここでも①カロリーが高い、②ほかに使い道がないという理由で牛乳にする。

そこへ、茹で上がったパスタを入れて、先ほどのソースを混ぜ合わせるのだが、全卵のせいか、ソースがゆるくてうまくパスタと絡まないので、火加減を若干強くしたら今度は卵が固まりすぎてしまった。

テレビで見ていたカルボナーラは、パスタとクリーム状になったソースがうまく合わさっていたのだが、私の作ったものはパスタにいり卵を混ぜたような感じであり、作った本人以外は、誰もカルボナーラとはわからないような代物であった。

「見かけが悪くてもせめて味だけは良ければ」と思ったのだが、食べてみると市販のレトルトのソースよりもまずかった。

ここはやはり、代用品うんぬんというよりも素直に作り手の腕の悪さを認めるべきであろう。

まあ、素人がテレビや本を見たくらいで、すぐにできるくらいならば、誰でも名コックになれるし、プロのコックさんだって大変な思いをして修業する必要もないだろう。

そう考えると、まさに「(完全な)料理は一日にしてできないんだなあ」と実感した。

しかし、ここであきらめては意味がないので、もう少し、「修業」をして偽札ではないが、本物のカルボナーラに近づけるようなレベルを目指して頑張るぞと失敗作を食べながら思う私であった。

# 美人は災いのもと？

先日、いつものように本屋へ行った私はある一冊の文庫本に目を奪われた。

なんの本かというと『美人銀行員オンライン横領事件』（幻冬舎アウトロー文庫）という本である。

最初、目にした時は、どうせ、「美人タレント結婚とか、美人のいる店」といった類いのものだろうと思って素通りしようとした。だが、なんとなくこの「美人」の二文字が気になって仕方ない（我ながら相手の思枠にハマッてしまった）。

少しの間、買おうか買うまいか考えたが、「文庫本だから、期待外れでも損害額（？）は小さいからいいかな」などと自分に言い訳をしながら結局、買ってしまった（本当のところは、この銀行員の方が美人かどうかを確かめたかっただけであるのだが…）。

ここで、自らの名誉のため（？）に付け加えさせていただくが、この本を買った理由はもう一つある。その理由とは、「オンラインを使ってどのように横領を実行したのか」という点にも興味があったのである。

前置きが長くなったが、本題に入りたいと思う。

舞台は昭和五十四年の大阪。主人公は、もちろん銀行に勤めている吉野恭子さん（以下、恭子さん）。父親は大学の非常勤講師、母親は近所で習字や生け花を教えており、規則正しい生活を重んじる家庭環境。なお、恭子さんはこの時三十歳、独身で銀行では支店の当座預金係として勤務。

ある日、いつものように銀行で仕事をしている恭子さんの前に一人の男が現れる。

その男の名は泉則夫（以下、泉氏）といい、後に恭子さんに横領をそそのかし、恭子さんの人生を狂わせた張本人である。

泉氏は当時、市内で霊園を経営する青年実業家であり、二台の外車を乗り回す〝カッコイイ若社長〟で通っている人物である。

店内で偶然、うわさの泉氏を見かけた恭子さんは一目惚れしてしまい、「当座預金の担当者として」（と言うが、どう考えても泉氏に近づくための口実としか思えない）泉氏のところへ挨拶に行く。

ところで、ここまで読まれた読者の方の中には、「恭子さんが美人かどうかという話はどうなったんだ！」とお思いの方もおられるかもしれないので、ここでちょっと触れさせていただく。

本文中では、恭子さんは「人目を引く美貌の持ち主」と書かれているが、顔写真が掲載されているわけではないので、この本からは真偽のほどは確かめようがない。

また、私は当時、小学生だったためこの事件のことなど知る由もないので、親ならこの事件を知っているのではないかと聞いてみたところ、「本当にキレイな人だった」ということである（詳しいことを知りたいという方は御自分で調べてください）。

さて、話は戻るが、恭子さんの美貌に魅せられた泉氏は早速、恭子さんを呼び出し、デートに誘う。

その席上、恭子さんは泉氏が〝妻子持ち〟であることを告白されるのだが、「恋は盲目」とはよく言ったもので、このことに対しても「最初に打ち明けるなんて男らしい」と感じてしまう。それと同時に当時、付き合っていた妻子持ちの男が、なかなか結婚に踏み切らないことに対する鞘当ての気持ちからも交際の求めに応じてしまう。

その後、二人は何度か逢ううちに体の関係を持つようになると、恭子さんは泉氏から何かと金に関すること（銀行で取り扱う金額や恭子さんの給料など）を聞かれるようになり、ついには恭子さんの預金額まで聞いてくる。

「派手な恰好の青年実業家が預金額を聞いてくる」。冷静な目で見れば、このへんで泉氏という人間はどこかアヤシイと思うところである。

そう思いませんか？　一般的に本当の金持ちほど服装や車などは質素だというし（だからお金がたまるのだろう）、本当に金があるのなら、交際相手の預金などいくらだろうとどうでも良いはずである。

ところが、「恋は盲目」状態の恭子さんは、泉氏が預金額を聞いてくることに不快感を感じながらも「一千万くらい…」と正直に答えてしまう。

この一言をきっかけに泉氏は、会社（フィリピンで旅行会社も経営していた）の経営が苦しいと言っては、たびたび恭子さんに借金を申し込むようになる。

ここでも、冷静に考えれば少しくらいの損は覚悟の上で、泉氏とは手を切ったほうが自分のためであるとも思えるところである。

だが、ギャンブルや先物取引などで、負けを取り戻そうとさらに投資をする人ではないが、恭子さんは、泉氏に嫌われることと、そのことが原因で貸したお金が返ってこないのではないか、という思いからずるずると言われるままに貸し続けてしまう。

その結果、十年以上真面目に勤務したことによってためた貯金五百万円を失ってしまい、その上親の預金まで貢ぐことになってしまう。

恭子さんに自由になるお金がなくなったことを知った泉氏は、銀行のオンラインを操作して横領する話を持ちかける。

そんなことをすればどうなるかは、マトモな人間ならば火を見るより明らかである。

この時ばかりは、恭子さんも一度は断ったものの、日々の仕事や生活からくる不満や閉塞感がたまっていたことや、泉氏の「フィリピンで二人で小料理店を経営しよう」という言葉に乗せられてしまい横領を決意する。

私も、サラリーマンという仕事に就いているので、この時恭子さんが感じていた「日々の仕事や生活からくる不満や閉塞感がたまっていた」ことは少しは理解できる。

サラリーマンやOLの仕事なんて単純で面白くもなんともないものが大半だから。

しかし、後半の泉氏の言葉は「そんなに都合良くいくわけねえだろ！」と思ってしまうところである。

では、実際にどのような手口で横領を実施したかというと、あらかじめ東京の銀行の支店に架空名義の口座を開設し、その口座へ銀行のお金を振り込むというものである。

ところが、世の中というのはなかなか自分の思いどおりにいかないもので、現金の在庫がないことを理由に予定額の一部しか引き出しができなかった。

ちなみに、この犯行を実行したのはすべて恭子さんであり、泉氏は自分が共犯にされることを恐れてお金を受け取るのみで礼の一言も言わない（とんでもない男である）。

その後、恭子さんは香港を経由してフィリピンへ逃亡するが、国際指名手配されたため自首することを決意。逮捕され日本へ強制送還される。

一方、泉氏も当然のことながら逮捕され、恭子さんとともに裁判にかけられる。

その結果、恭子さんは懲役二年六月、泉氏は懲役五年の実刑判決が下された。

この本を読んでいて感じたのは、「恭子さんがなまじっか美人であるためにとんでもない目にあわされたのではないか」ということである。

「たくさんの人に迷惑をかけてきました。出所後は表に顔を出したくないし、これからの人生を地道に暮らしていく」ことを望んでいたのだが、「人目を引く美貌の持ち主」を世間が黙って放っておくわけがない。

出版社からの手記の執筆依頼や映画出演はもちろんのこと、プロポーズやバーのママさんになってほしいといったような内容の手紙が殺到したという。

このマスコミの取材攻勢は恭子さんの出所後も続いたそうである。

さらに、恭子さんの美貌は刑務所の服役中も本人を苦しめることになる。

恭子さんは和歌山の刑務所で服役したのだが、当時の受刑者の平均年齢は四十歳。ということは、ご近所のオバサン連中がこぞって集まったようなものだろう。

そんなところへ、美貌で家柄もよく、世間の話題を集めた恭子さんが入るとどうなるかは誰もが容易に想像がつくだろう。

実際、刑務所の中では他の受刑者の妬みを買い、作業中の休憩時間にトイレへ呼び出されて脅迫されたり、悪口が絶えなかったりと爪弾きの状態だったそうである。

「これだからオバサン連中はいやだよなー、いい歳をして少しは恥を知れよ！」とも思ったが、もとから常識の通用しない連中の集まり、求めるほうが無理かもしれない。

しかし、恭子さんはこの状況に流されることなく、模範囚となって一日も早く仮出所できるように努力し、そのかいあって刑期が三分の二を過ぎた時点で仮出所が認められる。

それにしても、仮に恭子さんが「ほかにもっといい娘はいなかったのかよー」と言いたくなるような容姿だったら、いくら銀行の預金担当とはいえ、泉氏も恭子さんに興味は持たなかっただろう。繰り返しになるが、恭子さんが美人であったために泉氏も、「こんな美人と関係を持ててその上、銀行のお金を横領させれば一石二鳥だ」と思ったのかもしれない。

そう思うとまさに「美人は災いのもと（？）」なんだなあと感じずにはいられなかった。

この本を読まれている方で、「自分は美人（男）」だとお思いの方、明日は我が身にならないよう気をつけたほうがよろしいのでは？

ところで、恭子さんが出所後どうなったか気になる方も多いかと思うが、これから読まれる方のためにあえてここでは細かくは触れずにおく。

ただ、幸せな人生を送ることができているようである、とだけ書いておこう。

現在も恭子さんが幸せな人生を送っていることを願いながら、この話を終わりにして次へと進ませていただく。

# 恋は永遠

私事で恐縮だが、カラオケが好きで、よくカラオケボックスを利用している。なぜ、「ボックス」なのかというと、単に「下手の横好き」で大声を出してストレスを発散するのが目的なため、ごく親しい人たちだけとのほうが好都合だし、スナックなどと比べて料金も安上がりだからである。

この「カラオケボックス」、当然のことながら老若男女を対象としているため、曲目も最近のヒット曲から思い出のメロディーやアニメソングまで幅広く収録されているが、私は前者には興味がなく、もっぱら後者の方を歌っている。

なぜかというと、最近のヒット曲というのはやたらとテンポが早く、横文字が並んでいるだけという印象があり、どれも同じように聞こえてしまい、あまり「いい曲だなあ」と思えないのである。

それにしても、芸能人といえば以前は容姿や歌唱力、演技力などのすべてにおいてバランスのとれた〝選ばれた人〟という印象があったが、最近は昨日まで中学生や高校生だった子が突然、「今日から歌手になりました」といった感じの子が増えてきているという印象を受ける。

まあ、時代が変われば求められる芸能人像というものも変わるだろうし、狭き門が広くなったともとれるが、考えようによっては、それだけ芸能人の水準が下がってきているともとれる。

今回は、カラオケについて書いたはずなのに、気がついたら芸能界の話になってしまったので、元の話に〝軌道修正〟させていただく。

えーと、どこまで話したんでしたっけ? ああ、そうそう私がカラオケで歌う曲の話でしたね。これは失礼。

そんなわけで(どんなわけだ?)、最近のヒット曲は歌わない私であるが、コンビニや書店、テレビのCMやドラマの主題歌などでこれらの曲を耳にする機会はあるので、サビのあたりはなんとなく聞き覚えがあるという曲は多い。

カラオケで懐かしのメロディーを歌い、お店で最近のヒット曲を聞いているうちに両者には共通点があることに気づいた。

どちらも、「恋」を題材にした曲が多いのである。

歌詞や曲のテンポに違いはあれども、行き着くところは色恋沙汰なのである。

そういえば、百人一首なんかも「恋」を題材にした話が多いらしいが、歴史が積み重ねられ、文化や生活様式が変わっても人間の「恋心」だけは変わっていないようである。

しかし、昔からたくさんの歌を作り出してきたこの「恋」、寅さんのような人は別として、人の一生という時間の中では、(個人差はあるが)ほんの一時期でしかない。

ましてや、歌やドラマに登場するような「理想的な恋」を経験できる人なんてほとんどいないだろうし、「恋」なんてオブラートと一緒（？）で時間の経過とともにだんだんとなくなってしまうものである。

だからこそ、テレビのワイドショーや新聞の人生相談では一年中、「不倫」に関する話がとりあげられている。

また、歌謡曲などでも「私はあなたとウン十年間一緒にいられて幸せな人生でした」というようなヒット曲はまずないだろう（こういった類いは以前、国鉄（当時）のCMで流れていた「フルムーンパス」くらいである）。

ということは、いくら好きで一緒になった二人であっても、時間の経過とともに恋や愛の効果はなくなってしまい、その後のウン十年は惰性（？）で過ごすようになるのだろう。そして、「あの頃に戻れたら」とか、「もう一度、恋をしたい」などと思っても時すでに遅し。その頃には仕事や子育てなどに追われてしまい、そんなことをする体力も余裕もないだろう。

まあ、なかにはその思いを「不倫」などという形で実現する人もいるだろうが、恐らく大半の人はそのままあきらめてしまうだろう。

そこで歌謡曲の出番となる。

歌のなかに登場する恋物語に、昔の自分をダブらせたり、夢を思い描いたりして楽しんだり、現在の自分の心境とダブらせたりして楽しんだり、慰められたりするというわけである。

また、このような思いは（多少なりとも）誰もが経験していることなので、多くの人の共感を呼び、ヒット曲へとつながるのだろう。

そう考えると、「恋」というものは実体験としては〝一瞬〟であっても、人々の心の中や歌の世界の中では〝永遠〟なのだなあと感じるのであった。

# ぜいたくな悩み？

楽しみにしていた夏期休暇も文字通り〝あっ〟という間に終わった。

毎度のことながら、どうしてこう「楽しい時間」というのはすぐに終わってしまうのだろうかと思う（もっとも仕事は一年中だが、夏期休暇はせいぜい一週間。短いのは当たり前の話なんだけど）。

夏期休暇が明けて最初の一週間が過ぎたのだが、暑さとストレスが重なってなかなか本調子になれず、体がだるい。とここまで書いて気がついた。

「この原稿が読者の方の目にふれるのは当分先のことだった」

そうなんです。この本は書き下ろしで書いているものであり、その上一週間で一本という（本職の方と比べて）恐ろしくゆっくりとしたペースで書いているので、本になるのはいつになるのかわからないのである。

この「いつになるかわからない」ということこそくせものなのだ。

私のエッセイは、基本的に日常生活での出来事や感じたことを書いているのだが、時にはテレビのニュースや新聞などで目にした事件などを題材に書きたいと思うこともままある。

ところが、書いているときはタイムリーな内容でも本になる頃には、事件はすっかり風化してしまい、「そういえばこんなことがあったねえ」といった程度になってしまう。そうなるといくら良い内容でも面白さは半減してしまう。

このへんは、週刊誌に連載中のエッセイが文庫本になった時に、読んだ内容をイメージしていただければわかりやすいのではないかと思う。

つまり、私のエッセイは通常の連載時から文庫本として販売されるまでの間と同じくらい（またはそれ以上）の時間的な隔たりが生じるのである。

ちなみに、前著「こだわりを捨てたら」の場合、原稿をまとめるまでに一年以上かかり、出版社に送付してからも審査（全くの素人だったので）、校正、カバーデザインなどなどいろいろな工程を経ているうちに、さらに半年近くかかっている。

もっとも「原稿をまとめるまでに一年以上」という背景は、私が単に書くのが遅いというだけのことなのだが。

先に、一週間で一本のペースで書いていると書いたが、必ずしも毎週、毎週書いているわけではなく、疲れていたり、忙しかったりした時は省略しているし、書いてはみたがあとで読み返してみたら面白くなくて〝お蔵入り〟となった原稿も何本かある。

それに、明確な締め切りというものがない。

しかも、雑誌に連載しているわけでもないので、少しくらい書くのが遅くなったからといって原稿に穴があくようなことはないし、誰に迷惑がかかるわけでもない。

単に、本になるのがそれだけ遅くなるというだけのことである。

とまあ、こんなことを繰り返していると「原稿をまとめるまでに一年以上」となってしまう。

そんなわけで、連載のように時事問題についてエッセイにするのは非常に難しいが、その反面「締め切り」がないという「あちらを立てればこちらが立たず」（？）という状況なのである。

ほかの人の書いたエッセイなどを読んでいると、連載を書いている時は締め切りに追われて大変らしいが、物書きを始めた人間の一人として、私も連載というものがどんなものか経験してみたいとも思う。

こう書くと〝本職〟の方から「そんなになまやさしいものではない！」とお叱りを受けそうだが、物書きとしての〝幅〟を広げるには貴重な経験になるだろうし、書き下ろしでは書けない（というか難しい）時事問題に関する原稿も書きやすくなる。

とはいえ、もしこの文章を読んでいるのが週刊誌や月刊誌の編集者の方だったら、「こんなに遅くては、とてもじゃないが頼めないよ」と言われそうだが…。

それでも、「いつかその日が来ることを」夢見て最近では、毎週一本は原稿を書くようにしている。

それにしても、締め切りがないのに締め切りのある仕事をしたいなどというのは、見る人によっては「ぜいたくな悩み」（？）となるのかなあと毎週ワープロを叩きながら思っている私であった。

# 叩かれるのも芸のうち？

　私は、週刊誌やスポーツ新聞を読むのが好きで、コンビニや床屋さんなどでよく読むのだが、必ずと言っていいほど「巨人」に関する記事が書かれている。

　スポーツ紙は一面で競うように巨人の勝ち負けを報じ、週刊誌では監督、コーチの人間関係や思うように活躍できない主力選手、平成十二年でいえばガルベス（現在は退団）や清原のことを面白可笑しく（？）書き立てている。

　そして、街中ではサラリーマンのお父さん連中が「長嶋監督では優勝できない」とか、「清原は高い年俸をもらっていながら活躍しない」などと、好き勝手なことを言いながら酒の肴にしている。

　週刊誌やスポーツ新聞に書いてあることが、どこまで本当かは知らないが、言われるほうはたまったものではないだろうなあと思う。

だが、考えようによってはこのように書き立てられるのは、それだけ世間に広く認知されているということなのだから、結構なことではないかともとれる。

「私はプロ野球選手でした」という人は大勢いるだろうが、一軍で華々しく活躍して惜しまれながら引退できた人など、ごく一部の人だけだろう。

大半の人は二軍で何年かプレーしただけで、球団から一方的に自由契約（解雇）されてしまったという人で、「元プロ野球選手」と言われても「こんな選手いたっけ？」とか「そういえばいたねえ」（失礼）と思ってしまう人である。

それでも巨人にドラフトで上位指名を受けて入団したならば、テレビや週刊誌の「あの人は今」みたいなコーナーで違った意味で取り上げてはもらえるだろう。けれども、地味な球団でドラフト下位指名の入団ともなると、そこですらも取り上げてもらえない。

スポーツ紙が一面で競うように巨人の勝ち負けを報じるのは、巨人が勝つとファンが喜ぶのはもちろんのこと、負けたら負けたで今度は「アンチ巨人」の人たちが喜ぶのである。どういうわけか、プロ野球ファンの人というのは好みの球団はそれぞれ分かれていても「アンチ巨人」という点では共通している。

ないのである。

だが、不思議なことに他の球団には「アンチ〇〇」といった考え方はあまり浸透してい

まあ、だからこそ巨人戦となると相手がどのチームであろうとテレビ局が競うように中継をしたがるのだろうけど。

また、その「巨人の一流（主力）選手」というのは（サラリーマンから見て）「ものすごく高い給料をもらっている」という印象が強い。

私はプロ野球選手の経験はないので、詳しいことはよく知らないが、先に書いたようにごく一部の人しか活躍できないという世界なのだから、我々の想像をはるかに超える苦労をしていることだろう。

それに、ずば抜けた才能があって、球団がその選手の「商品価値」を評価しているのだから必ずしも「高い給料」とはいえないのでは（？）とも思う。

（私も含めて）サラリーマンの給料が安いのは、大半の人が就いている仕事が特別な才能を要しない仕事であり、会社がその人の「商品価値」を低く評価している結果であるし、プロ野球の選手に比べれば、身分もある程度保障されているなどリスクも少ないはず。

ところが、世のお父さん連中は自分と比べて給料が高いというところばかりに注目して、

「活躍していない」とか「今年はダメだ」などと好き勝手なことを言っている。

まあ、プロスポーツなどというのは、このような「素人」の人たちをいかに満足させるかというのが仕事だろうし、内容はなんであれ、自分の名前を出してもらえるというのはいいほうなのかもしれない。本当にいやなら存在そのものが無視されているだろうから。

今回は、たまたまプロ野球を例に挙げて書いてきたが、ここまで書いたことは物書きである私にも言えることでもある。

私の書いた本を読んでくれてなんらかの形で感想を寄せてもらえればいいが、「つまらん」の一言で片づけられたり、「ゆき？　誰それ？」などと言われてしまう可能性が大である（悲しい…）。

だからこそ、スポーツ新聞や週刊誌で叩かれている選手を気の毒に思いながらも同時に「叩かれるのも芸のうち？」だなあと感じてしまうのである。

# エッセイと小説

サラリーマンにとって週末というのは、待ち遠しくもあり楽しみなものであるが、いざ週末がくると期待度に反比例してあっけなく終わってしまう。

このへんは、小学校の時の遠足が、行くまではりきって準備（おやつを買ったり、バスの座席を決めたりｅｔｃ）に時間をかけたわりには、実際に行ってみるとあっけなく終わってしまい、あとから配られる記念写真だけが辛うじて遠足に行ったことを物語っているようなものであろう。

では、私の週末はどうかというとエッセイの内容が決まっているかどうかに左右されるのである。

金曜の夜までに、週末に書くエッセイの内容がある程度できあがっている時は、そのことを早く文章にまとめたくて週末が待ち遠しいという気分になる。

逆に金曜の夜までに内容がまとまらなかったり、内容はおろかタイトルさえ思いつかないなどという時は、週末がくるのがいささか憂鬱な気分になってしまう。

まあ、このへんは人間のやることである以上、好不調の波があるのは当然のことなのだろうが、私の場合は圧倒的に後者が多くいつも苦労させられる。

では、今週はどうかというとこんなことを書いているくらいだから、もちろん後者のほうに入る。

今週は週末を利用して実家へ帰る予定だったので、金曜日の夜、帰りの電車の中でも「今回は何を書こうか」とずっと考えていたのだが、なかなか適当な題材がみつからない。

そこで、小説の執筆に挑戦して見事に玉砕（？）したことを書かせてもらうことにする。

事の始まりは、私がエッセイを書くようになったことである。

エッセイを書くようになってある程度原稿が増えてきた時、「エッセイがそれなりに書けるのならば小説も書いてみよう！」という例の「とりあえず経験してみよう精神」が頭の中をよぎった。

そこで、エッセイを書く合間を縫って小説を書くことにしたのだが、これが思いのほか大変なのである。

まず、話の舞台設定であるが、あれこれと考えた結果、現在いちばんハマっている女子プロレスを題材にすることにした。

とは言っても、自分で経験したことがあるわけではなく(「女子」プロレスなのだから男の私は一生経験できない)、コネがあるわけではないからいきなり取材に行くわけにもいかず、自分の体験を元に観戦記にすることにした(いまになってみれば、この時点で小説を書くのに必要な努力を怠っているくらいだから、失敗して当然である)。

さて、舞台設定ができたならば、それに従ってストーリーを展開させていけば良いわけであるが、次に登場人物の名前を考えるのが面倒なのである。

舞台を女子プロレスの観戦記にしたまでは良かったが、選手一人一人の名前を考えなければならない。まあ、選手の名前は一度に考えると大変だから順を追って考えていくことにし、とりあえず話を展開させてみた。

ところが、A4用紙二枚ほど書いてみたところ、まるで小説らしさを感じないのである。「なぜだろう?」と改めて読み直しながら考えてみると原因がわかった。

私の「小説」には「セリフのやりとり」がないのである。

小説とは日常生活のやりとりを文章で表現したものであることは言うまでもない。

なのに、私の「小説」は主人公の視線から見た状況しか書かれてなく、いつのまにかエッセイのような文体（注・横浜文化体育館の略ではありません）になっていた。

おまけに読んでみてもまるで面白くない。

自分が作って「マズイ」と思う料理を、客が「ウマイ」と感じるわけがないように、書いている本人でさえ面白くないと感じるものを、一般の読者が面白いなどと感じるわけはない。結局、初の小説はA４用紙二枚ほどで挫折してしまい、幻にさえなれずに終わってしまった。

エッセイならば、自分の体験や考えを自分の「目と頭」という「フィルター」を通して文章にすれば良いのであるが、小説となるとまた別の思考回路が必要になるようだ。

普段、小説を読んでいると、つい「自分にも書けるのではないか（書いてみたい）」と思ってしまいがちだが、実際に書いてみるとそれがいかに甘い考えであるかということを思い知らされた体験であった。

それでも、めげずにこれから「小説用の思考回路」を身につけて、いつかは小説を出版したいと思う今日この頃である。

めざせ、ベストセラー作家。

# 化粧品売場と理容店

デパートへたまに買い物に行くことがあるが、そのたびに不思議に思うことがある。

何かというと、化粧品売場の店員さんの化粧である。

ここの店員さんというのは、誰もが、「例外なく」と言ってもいいくらいに、皆やたらと〝濃い〟（というかクドイ）のである。

言うまでもないだろうが、化粧をする目的とは「美しい人はより美しく、そうでない人は美しく見えるように（実際にどうかは別として）することだろう」（フィルムメーカーのCMみたいだが）。

ということは、化粧品売場の店員さんというのは、「私は、この化粧品を使っているからこれだけ美しく見えるんです」ということをお客に〝アピール〟することが求められるはずである。

ところが、実際はというと（私見だが）たーだ化粧品を顔につけているだけといった感じであり、まるで「ここの化粧品を使ってもあまり効果はありませんよ」と言っているようにもとれる。

失礼ついでに書いてしまえば、「こういうふうになりたくなければ、我が社の化粧品を買ってしっかりとお手入れしてくださいね」、とでも言っているのかなあとも思える。

まあ、店員さんの意図するところはともかく、私が不思議に感じるのは、このような光景がどこのデパートの化粧品売場でも見られるということである。

まるで、デパート間で申し合わせたかのようにどこも同じなのである。

このように、「申し合わせたわけでもないのに、どこの店でも同じことをしている」ということは、意外とあるものである。

例えば、「理容店のおしゃべり」。

理容店の店員さんというのは、話し好きなのか、それもサービスの一環ととらえているのかは知らないが、よく客に話しかけてくる。

私は、これが苦手なので、やたらと話しかけてくる店は避けるようにしている。

こういう文章を書いていると、いかにも普段から周りの人間にペラペラと身の上話をしているように思われるかもしれないが、決してそんなことはない。

文章を書く時は、書くまでに時間をかけて構想を考えているし、書くという作業も、あくまで一人で行うものである。

ところが、おしゃべりというのは相手があってのことであり、相手の出方次第で話の展開が百八十度変わってしまうことだってある。

これが、家族や親しい友人相手だったらすぐに対処できるのだが、初めて入った店の店員さんが相手だとうまく対処できない。

その上、普段は独り暮らしなので、ロクに人と話さない生活を送っているのがたたってか、慣れない人と話すとすごく疲れるのである。

そんな私の心境を知ってか知らずか、店員さんは黙っている私に話しかけてくる。

先日も、近所の理容店へ行ってみたのだが、案の定そうであった。

最初のうちは黙って髪を切っていたのだが、そのうち「今日はお休みですか?」と聞いてきた。私は内心、「来た!」と思いながらあわてて「戦闘態勢」(?)に入る。

店員さんと一見の客との間の会話のとっかかりといえば、天気か出身地、または昼間に来るということは、今日は休みの日なのだろうという憶測くらいである。

「ええ、土日は休みなもので」とこれは私。

相手だって、別に私に興味があるわけではなく、単なる〝サービスの一環〟にすぎないのだから適当に答えておけばいいものを、普段人と話をしないのが災いして、つい正直に答えてしまう。

おまけに、この時の店員さんはなかなかの美人（ただし、既婚）だったため、こういう時でもなければ、美人と話す機会のない私は、「正直さ」に拍車がかかる。

週末が休みという情報を得た店員さんは、「いつもは、お休みの日はどうしてるんですか？」だの、「こちらの方なんですか？」だの聞き、ついには、「ご結婚されてるんですか？」などとまで聞いてくる。

まるで、戸籍調べのような質問に内心は「余計なお世話だ！」と思いながらも美人が相手なのでつい、「出身は横浜なんですが、仕事の関係で来てます」だの「いやー、まだ独り者で」などとバカ正直に答えてしまう（本当、美人は得である）。

おまけに、目の前の鏡には美人に話しかけられて、デレッとした気味の悪い笑顔を浮かべている自分が写し出されている。

どうにかこうにか、〝戸籍調べ〟と散髪を終えて店を出た時には、あの気味の悪い笑顔を見られたことと、たかが営業用のおしゃべりにマトモに反応してしまった自分に対する情けなさでどっと疲れが出る。

理容店に散髪に来る人の中には、顔剃りの時以外はしゃべりっぱなし、という人も見かけるが、なかには私のように黙っていたい人間もいるのだから、そのへんを見極めてほしいなあと思う。

しかし、その一方で美人のいる店ならば、また行ってもいいかなという思いもあり、「話しかけられないほうをとるか美人をとるか」で悩んでいる私であった。

# ハマの威力

初対面の人と話をする時の話題として必ずと言っていいほど出てくるのが、「天気、趣味、出身地」の三つである。

この中でも「出身地」については、自分が生まれ育った場所と同じ場合、その土地の人間にしかわからないであろう「ローカルな話題」で盛り上がるし、違う場合（実際にはこっちの方が圧倒的に多いのだが）でも、その土地の名産や御当地出身の有名人などで盛り上がることができる。

結局のところ、何を話したら良いかわからない初対面の人間に対して、最も無難（？）な話題なのである。

さて、私の出身地はというと前にも何度かふれたとおり、横浜なのであるが、「横浜出身」と聞くと「いいところですねえ」とよく言われる。

だが、私が実際に生まれ育ったところは、ここでいう「いいところですねえ」とは全く正反対の方角にある「マイナーな場所」なのである。

どういうことかというと「ヨコハマ」という地名を聞くと、たいていの人は港やその周りの公園、中華街といった場所をイメージして言うのであり、私も港の周辺で遊びながら育ったという印象を受けるらしい。

ところが、先にも書いたように私が生まれ育ったところは、「ヨコハマ」であることには違いないが、ほかの地方の人たちが実際に来てみたら「えー、こんなところなの」と驚かれそうな場所である。

一口に「ヨコハマ」といっても実際にはかなり広く、「いいところですねえ」の範囲となる場所など氷山の一角にすぎない。

だから、私は二十年以上も「ヨコハマ」に住んでいて、今でもたまに帰省するという生活を送っていながら、港の周辺や中華街など数えるほどしか行ったことがない。

ほかにも、ラーメン博物館やシーパラダイスなどもいまだに行ったことがない（近いのでいつでも行けるだろう、と思っているうちに時間ばかりが過ぎてしまった）。

なぜ、地元に住んでいながらそんなに行かないかというと、私の場合は横浜駅周辺のビルや地下街で用が足りてしまうのである。

私の実家から、先に書いた「ヨコハマのメジャーな場所」へ行くには横浜の駅からさらに電車を乗り継いで行かなければならない。だが、そこまでして行くほどの用事もないので行かずに済んでいるというのが実情なのだ。

とは言っても、ほかの地方の人たちから見れば「ヨコハマの人」であることには変わりはない（実際にそうなのだから）ので、たまたまテレビで見たり観光旅行などで来たりした店の場所などを聞かれるのがいちばん困ってしまう。

そのたびに、「ヨコハマと言っても私が育ったのは全く違う方向でして…」と説明とも言い訳ともつかないことを言わなければならない。

これも有名な土地（？）に生まれ育った人間の宿命なのかなあ（大げさな）。

だが、一方では「ヨコハマの人」というのは非常に便利なのも確かである。

ほかの都道府県の出身の人が出身地を説明する場合、まず「〇〇県です」と県名を言ってから「〇〇郡」とか「〇〇町」と説明するようになるだろう。

しかし、あまり有名な場所でない場合は、「そこはどのあたりにあるの？」などと聞かれさんざん説明させられた挙げ句、「そうですか」の一言で片づけられてしまう。

その点、「ヨコハマ」の場合は一言、「横浜です」と言えば、たいていの人はわかってくれる（へたに「神奈川です」と県名を言うよりもわかりやすいくらいである）。

その上、名前よりも先に出身地の方を覚えられるし、来たことはない人でもテレビや雑誌などで、「ヨコハマのメジャーな場所」を知っている人は多いので、会話のとっかかりにもなるのである。

それにしても、「ヨコハマ」というところは、有名なためすぐに覚えてもらえるという点では便利であるが、一方では有名であるがために苦労をさせられるという部分もある。

だが、なんだかんだと言いながらも二十年以上も住み続け、またいつかは戻ってきたいと思わせるこの「ヨコハマ」という街は、私にとっては非常に魅力的なところであるとともに、ほかの地方の人をも魅了することができる。そう思うと「ハマの威力」というのは大きいんだなあと感じるのであった。

# 闇への入り口

先日、代休をとる機会があり、例によって家で主夫をしていた時のことである。

二時過ぎに玄関の呼び鈴が鳴ったので、「どうせNHKの集金か何かだろう」と思いながら魚眼レンズを覗いてみると、社宅の上の部屋に住んでいる小学生の女の子が泣きながら立っていた。

一体、何があったんだろうと思いながら玄関を開けて「どうしたの?」と聞くと「お母さんがいないんです」と泣きながら言う。

どうやら、この子のお母さんは出かけることを言わずに出かけてしまったらしく、家へ帰ってきたまではよかったが、玄関の鍵は閉められているし、お母さんはどこへ行ったかわからないといった状況で、どうしたらよいかわからなくなったようである。

この女の子とは私が出勤する時が学校へ行く時間と重なるため、よく玄関先で顔を合わせているのだが、（親から厳しく言われているらしく）私の顔を見るといつも「おはようございまーす」と元気にあいさつのできる子だった。

そこで、毎朝のように顔を合わせている私のことを思い出して来たらしい。

「そう、それは困っちゃったねえ」と言いながら、私も一緒になって困ってしまった。何せ、相手は小学校一年生の女の子である。お母さんが帰るまで私の部屋で預かってもよかったが、男の独り暮らしなので、もし痴漢だ、猥褻だと騒がれたら身の潔白を証明する手立てはない。

そうでなくても、そういったことが多く、何かというとすぐに疑われる世の中である。

そこで、とりあえず女の子と一緒に外にいたほうが賢明だと考え、「それじゃあ、とりあえずお部屋まで行ってみようか？」と言い二人で女の子の部屋へ向かった。

とりあえず、不在であることを確認した上で、それから対応を考えることにした。

部屋まで行ってみたが、鍵がかかっているし、呼び鈴を押しても出てくる気配はない。

さて、どうしようかと思い女の子に、「お母さんは今日どこかへ出かけるとは言ってなかった？」と聞くと、「言ってなかった」という返事。

こんな具合じゃ何時に帰るかわからないので、女の子のお父さんの職場へ連絡を取ってみようかと思った矢先に、車の音がしたかと思うと、女の子は一目散に階段をかけ降りていった。

どうやらお母さんが帰ってきたようである。

私も階段を降りるとお母さんが車から降りてきたところであり、事情を話すと「すみませんでした」と苦笑しながら謝っていた。

やれやれ一安心だと思いながら、自分の部屋へ戻った私はふと思った「場合によっては事件につながりかねないなあ」と。

今回のケースは社宅である上に、お母さんがすぐに帰ってきたのでよかったが、これが民間の高層マンションなどで、人気のない通路や近所の公園を泣きながら歩いていたら、それこそ変質者の目に止まり、何をされるかわかったものではない。

現に最近の新聞の三面記事は殺人と痴漢に関する記事が毎日のように掲載されている。読者の方のなかには、「そんなことはごく一部の出来事にすぎないし、少し大げさに考えすぎではないか」と思われる方もいるかもしれない。

しかし、新聞に掲載されるのが〝ごく一部〟だとすると、実際にはかなりの数の事件が起きているはずである。

ましてや、ゆがみの目立つ現代社会では、ある日を境に「普通の人」から「犯罪者」になってしまうような状況であり、一番狙われやすいのは幼女である。

今回のケースも、お母さんは子どもよりも先に帰るつもりで出かけたのだろうが、何らかの理由で帰りが遅くなったのだろう。

だが、事件というのはその「ちょっとしたスキやズレ」が原因で起きる場合が多い。

このことをしっかりと自覚しておかないと、「ちょっとしたスキやズレ」がそのまま「闇への入り口」となってしまい、取り返しのつかないことになってしまいかねない。

そうならないようにするためにも、普段から出かける時は子どもにきちんと話をした上で、「もし、家に帰ってきてもお母さんがいなかったらどうしたらよいか」ということを、きちんと話しておくことが必要なのではないかと感じた出来事であった。

それにしてもいやな世の中になったものである。

# いい加減は難しい

ゴールデンウイークや年末年始などの長期休暇の時は、実家へ帰省するのだが、帰る前には部屋の片づけや掃除をするようにしている。

「どうせ、部屋を明けるのだし、帰ってくればまたすぐに掃除をしなければならないのだからそのままでもいいのでは？」とも思うが、楽しかった休みが終わってしまい、また暗く重い日常に戻るのかと思いながら戻ってきた時に、ちらかった部屋を見ると余計に気が滅入ってしまう。

それに、万一途中で事故などにあってしまい、親や職場の人間が荷物の整理などで部屋へ出入りした時に、脱ぎっぱなしの服や古新聞がちらかった状態では、いかにも「独り暮らしで、だらしのない生活をしていました（実際そうなのだが）」と言っているようで情けないという思いもある。

出かける前にちょっと掃除をするだけで、気分良く出かけて気分良く帰ることができるのならば、と掃除をするようになったのである。

「さあ、掃除をすればあとは帰るだけだ」といきたいところだが、ここでまた、新たな悩みが生じるのである。

どんな悩みかというと「どの程度まで掃除をするか」ということである。

普段は、家具やテレビのほこりを拭き取ったり、掃除機をかけたりする程度であり、帰ってきてからまた、掃除をするのだから普段どおりでいいかなとも思うのだが、一方では「万一、事故にでもあったら」という思いが頭をかすめる。

そう思うと、台所やトイレなども〝普段以上〟にキレイにしておいたほうがいいのではないかと考えてしまう。

もちろん、掃除することの目的はキレイにすることなのだから、きちんとやっておくに越したことはない。

しかし、一方ではあまりにもキレイにしすぎることによって、それが〝虫の知らせ〟になってしまい、「こうなることがわかっていて、ここまでキレイに掃除をしていたのではないか？」になってしまいそうな気もする。

それに、キレイにしすぎると、自ら「この部屋へは戻ってこれませんから、せめて最後くらいはきちんと整理しておきます」と自らの最期を予告している（？）ような気分になってしまう。

ここは、やはりある程度、適当にやり残しておいたほうが、仮に事故にあってしまい、死線をさまようようなことになったとしても、「そうだ、部屋のトイレをまだ掃除していなかったんだ。あんな汚いままのトイレを見られたらは恥ずかしいから、ここはなんとしても生きて帰らねば」と生き残るための原動力になる（なるか？）かもしれない。

これが、キレイに片づいていたら「もう、部屋は掃除してきちんと片づいているし、大丈夫だ」と安心してしまい、そのまま〝帰らぬ人〟となってしまうかもしれない。

などと考えていると「どこまで掃除をするか」ということが、自分の人生にまで影響を及ぼしてしまうのである。特に、年末は〝大掃除〟などという習慣があるため、余計にこの問題に拍車がかかる。まあ、大掃除なんていうのは、作家の人たちが締め切りがこないと原稿が書けない（ちなみに私は週末がこないと書けない）というのと同じで、年が変わることを口実に部屋の隅々まで掃除をしましょうといったものだろう。が、そこは私も日本人、年末という言葉を聞くと「せめて、暮れくらいはきちんと掃除して気分良く帰りたいなあ」と思ってしまう。

そうすると今度は「どこまで大掃除をするか」となるのである。

大掃除というからには、普段は掃除をしないようなところまで掃除をしなければならないわけだが、先に書いた〝生き残るための原動力〟の不安もあるから、「やるからには徹底的に」という気にもなれない。

この掃除の範囲の悩み。独り暮らしをするようになってから、年三回（つまり、ゴールデンウイーク、夏休み、正月休み）繰り返しながらいまだに明確な結論は出ないままで、掃除をするたびに、「さて、今回はどこまでやろうか」と思いながら掃除を始める。

そして、掃除をしているうちに「まあ、こんなものでいいかな」と毎回、普段の掃除に多少手を加えた程度で終わってしまっている。

どこまでやるのが、「ちょうどいい加減」なのか悩んでいるといいながらも、毎回、同じ程度で終わり、それで何事もなく今日まで過ごせていることから考えると、これまでのやり方がどうやら「いい加減」になるようである。

# 引っ越しイコール大掃除？

この春、また転勤になった。

私のような「自分のスタイルを持っている人間」というのは、会社のような組織の中にいると、何かと周りの人間と衝突したり、雰囲気に疑問を感じたりすることが多いので、そういう意味では、転勤という制度はありがたい存在である。

転勤があれば、どんなにいやな職場でも一定の年数が経てば、〝とりあえず〟縁を切ることができる。

また、離れ離れになっても関係が続くかどうかで、その人が自分にとって本当に必要な人か、大切な人かということを知るいい機会にもなる。

このように転勤というのは私にとっては良いことなのだが、同時に面倒な問題が生じてくる。

引っ越しである。転勤のたびに「これさえなければなあ」と思ってしまう。

というのも、一回引っ越しをするだけで、ものすごい手間と時間がかかるのである。

転勤の経験がある方は、ご存じだろうが、引っ越し業者の手配に始まり、新居の手配、公共料金の清算、住所変更の手続き、住民票の移動、自動車免許の住所変更ｅｔｃ…、そして何より面倒かつ大変なのが「荷造り」である。

ただ、部屋の荷物をまとめれば良いだけならば、事前に行えば済むが、引っ越しの当日（あるいは前日）までそこで生活をしなければならない。

そのため、引っ越しの当日から逆算して荷造りをしなければならないし、仕事の残務整理や引き継ぎもある。

これらを同時進行で行うのは本当に重労働である。

なかには、作業はすべて業者任せ、その費用はすべて会社負担というところもあるようだが、私の職場は何もしてくれないし、費用も実情とは関係なく、会社が勝手に決めた規則で定められた金額（しかもお車代程度）しか支給されない（そのため毎回大赤字！）。

その上、引っ越しのための休みも荷物を運ぶ間のせいぜい三、四日が関の山。

おかげで、こっちは毎日仕事を終えてから荷造りをするハメになり、この時期はいつも以上に寝不足状態が続く。

組織の勝手な都合で本人の希望などおかまいなしに、「辞令」という名の紙切れ一枚で簡単に異動させるくせに、そのことに対する配慮は全くなし。

本当に組織というのは身勝手な存在である！

断っておくが、何も組織が転勤（引っ越し）をさせることに腹を立てているのではない。私も組織に属している以上は、命令とあれば従わなければならないことくらいは承知している。

ここで、私が言いたいのは、「組織の勝手な都合で動かすのならば、それ相応の配慮をせよ！」ということである。

仮に、転勤の前日まで仕事をさせるのならば、引っ越しはすべて業者任せで、費用は全額会社負担にする。それが無理ならば、転勤の二、三日前と後の四、五日は年次休暇を使うことなく、特別休暇を該当者全員に付与するなどの配慮をするのが当然のはず。

引っ越しを伴う転勤をさせる組織なんて、全国規模で展開している大企業や官公庁くらいのはずだし、それだけの大組織ならば一週間やそこら一部の人間が欠けたって、なんとでもなるはずである。

一方、引っ越しというのは（基本的に）自分や家族以外に代わりの人間はいないので、自分たちがやらなければ先へは進まない。

だからこそ、先に書いたような「お金か時間で配慮せよ」と言えるのである。

このように何かとリスクの多い引っ越しであるが、一方では良いこともある。

部屋の大掃除をするいい機会になるのである。

よく、自治体のゴミ収拾の分別表などに、「引っ越しゴミはお断り」（具体的にどんなものを指すのかよくわからないが）と書いてあるように、引っ越しをすると大量のゴミが発生する（これが「引っ越しゴミ」？）。

というのも、引っ越しの荷物はなるべく少なくしたいのが人情だし、部屋の中はすべて空の状態で開け渡さなければならない。

そうなると、部屋にある荷物の「取捨選択」を迫られるのである。

これをやるとあるんですよねえ、不用品が。

普段は、「いつか使う時があるだろう」ととってあるもの（スーパーの袋や贈答品のお菓子の入れ物など）が結構たまっているし、埃をかぶった本や、買い替えて使わなくなった家電製品などなどが部屋のあちこちに眠っている。

これらのものは普段、なんとも感じなくても引っ越し荷物をまとめる時になると、突然邪魔な存在と化す。

そうなると、いきおい「いい機会だからまとめて処分しちゃえー」となり、ゴミ処理場送りとなり、「引っ越しゴミ」となる。

しかも、これは私ばかりでなく、誰もがそうらしく、引っ越しシーズンのゴミ置場は、大量のゴミであふれかえっている。本当、人というのはお尻に火がつかないと行動を起こせないんですねえ。

「必要は発明の母」とはよく言ったものである。

この本をお読みの方の中で部屋がちらかってお困りの方、一度引っ越しをしてみるといいですよ。一気に部屋の整理ができますから。

ただし、たとえ近所でもそれ相応のお金と時間がかかることを覚悟する必要がありますが。

# 好きだから…

このタイトルを目にした方のなかには、「今回は、珍しく色恋沙汰の話か？」と思われた方もいるかもしれないが、残念ながらそうではない（早くそんな話を書けるようになりたいものだが…）。

では、なんの話かというと、いつものとおり（？）日常生活にまつわることである。

ＪＲの料金設定ではないが、仕事というものはどういうわけか繁忙期と閑散期があり、繁忙期（年末や年度末など）というのは、文字通り四六時中働いている印象があり、逆に閑散期には、「なんでこんなに余裕があるんだろう」と思うほどである。

なんで、突然に繁忙期と閑散期だと書いているかというと、この文章を書いているのが三月で年度末なため、繁忙期の真っ最中で仕事に追いまくられてしまい、話の内容が決まらないままに週末を迎えてしまったからである。

最近は、「最低でも週一本は書く」というノルマをなんとか達成することができるようになってきたのだが、その陰では「それまでにタイトルと話の内容をまとめておく」という地道な努力（？）を行っている。

本を読まれている方は、「本を書いている人というのは、次から次へと話のネタが頭の中に浮かんできて、それを話にまとめているだけなんでしょう？」と思われるかもしれない。

まあ、なかには類い稀な才能の持ち主で、そのような人もいるかもしれないが、たとえそうであったとしても、なんの努力もなしには書けないはず。

ましてや、私のような〝類い稀な才能の持ち主でない人間〟の場合は、ネタ探しひとつをとっても大変である。

家にいる時は、掃除だ、料理だといった家事をしながら、頭の片隅では「さあて、次は何を書こうか？」と考えているし、外出した時は、「何か、エッセイのネタになるようなことはないか？」という目で周りを見てしまう。

そんな調子で、仕事（ここでは、サラリーマンの仕事という意味）をしている時と寝ている時以外は、常にエッセイのことが頭の片隅にあるし、仕事中にネタが思い浮かぶこともあれば、夢の中でエッセイを書いていたこともある。

この時は、「よし、今週はこのことを書けばいいや！」と思ったのだが、朝、目を覚ましたら夢を見たことは覚えていたものの、かんじんの内容はキレイサッパリ忘れてしまっていた（こうなると一種の職業病？）。

こんなことばかり書いていると、「そんな大変な思いをしなければ書けないのなら、書かなければいいじゃない」と思われるかもしれない。

だが、やめられないのである。「好きだから」。

本当に好きなことだからこそ、続くのであり、そうでなければ、続けることはまず不可能だろう。

でなければ仕事と家事をこなし、その合間を縫ってエッセイを書くなどできはしない。

それに、大変な思いをしているからこそ、得られるものだってある。

まあ、このへんは一般のサラリーマン諸氏にはわからないだろうなあ。

別に、私は自分が特別な人間だなどと言うつもりは毛頭ないし、何十年と勤め上げることだってそれ相応に大変だろう。

私がここで言いたいのは、「本当に好きなことを見つけているか、それを楽しんでいるか」ということである。

先に書いた「大変ならばやめればいい」と感じる人は、恐らく「本当に好きなこと、夢中になれること」というものを見つけられない人だろう。

だからこそ、こういうことが簡単に言えるのである。

私は、（自分なりに）いろいろなことを経験し、やっとエッセイを書くという自分が本当に夢中になれること、仕事や家事などの用事の合間を縫ってでもやりたいことにめぐり合えた。

それゆえ、続けられる限りは続けたいと思うし、本当に夢中になれることに出合えたおかげで、充実した日々を送ることができている。これだけでも大きな収穫ではないかと思う。

人というのは、楽をしたいと思う一方で充実した日々を送りたいとも思うものだが、それは無理な相談である。

楽をしたいと思うのならば、何もしないのがいちばんだし、充実した日々を送りたければ、そこにたどり着くまでの間や、それを維持するためにそれ相応の努力が必要だろう。

結局のところ、「楽をとるか、充実をとるか」の二者択一となるわけだが、私は後者をとる。

なんだかんだ言いながら、こうして今回もノルマを達成することができた。ということは、本当に「好きだから…」なのかなあと思う今日この頃である。

# あとがき

「前作の良さを失わずに、いかに独自性を出すか」

この本を書いている時は、いつもこのことが頭にあった。

前作「こだわりを捨てたら」は、私が初めて書いた本だったので、いわば「こわいもの知らず」的な勢いで書いたものなのだが、出版社の方から思いがけず高い評価をいただくことができた。

だが、喜んでいられるのもその場だけで、今度はそれが最初に書いたような「プレッシャー」となり、思うように原稿が書けない時は、「なんで、自分から生まれた〝分身〟に苦しめられなければならないんだ」と子育てに悩む親のような心境（？）にもなったりしたものである。

じゃあ、苦しいことばかりかというと、そうでもなく前作を書いている時には気づかなかった面白さを発見することもできた。

その一つが、「ツーフェースを使い分ける面白さ」である。

読者の方はお気づきだろうが、私は本を書くにあたってペンネームを使用している。

これには、いろいろな理由があるのだが、この「ペンネーム」を使うことによって、〝ゆき〟と〝本名の自分〟を使い分ける面白さに気づいた。

どう違うかというと、ちょうど「仮面ライダーと本郷猛」のようなものである。

本郷猛とは、仮面ライダーに変身する前の人間のことだが、人間としていろいろなことを考えながら生きている。

しかし、一度、仮面ライダーに変身すると目的はただ一つ、「ショッカーを倒す」ことである。

これを私にあてはめてみると、〝本名の自分〟とは、仕事や家事をこなし、趣味を楽しむなどいろいろなことをして過ごしている。

一方、〝ゆき〟のほうは、〝本名の自分〟が日常生活の中で感じたことなどを元に、それをエッセイという形で文章で表現することだけが目的である。

いわば、この本は「ゆきと本名の自分」の二人による共同作業（？）によってできたものである。

この〝二人の関係〟、いつまで続くかはわからないが、これからも続けていきたいと思っている。

こんな具合で、前作同様、ある時は苦しみながら、ある時は楽しみながら今回もなんとか書き上げることができた。

最後になりましたが、前作をお読みいただいた方、また、手紙までくださった方、本当にありがとうございました。御礼申し上げます。

今回も最後までお読みいただきありがとうございました。

まだまだ（?）続編を予定していますので、今後もお付き合いいただけますようお願い申し上げます。

二〇〇一年十月吉日
ゆ　き

[著者プロフィール]
**ゆき**
1970年、神奈川県横浜市生まれ。
著書に『こだわりを捨てたら』（文芸社刊）がある。

**自己投資のすすめ**

2001年12月15日　初版第1刷発行

著　者　ゆき
発行者　瓜谷 綱延
発行所　株式会社 文芸社
〒112-0004　東京都文京区後楽2-23-12
電話　03-3814-1177（代表）
03-3814-2455（営業）
振替　00190-8-728265
印刷所　図書印刷株式会社


ISBN4-8355-2904-9 C0095